Calcinhas secretas

e outras crônicas

PARA GOSTAR DE LER 34

Calcinhas secretas

e outras crônicas

IGNÁCIO DE LOYOLA BRANDÃO

editora ática

As crônicas presentes neste volume foram originalmente publicadas no jornal O Estado de S. Paulo *entre 1993 e 2002.*

Diretor editorial — Fernando Paixão
Editora — Carmen Lucia Campos
Editor assistente — Roberto Homem de Mello
Preparadora — Maria Sylvia Corrêa
Coordenadora de revisão — Ivany Picasso Batista
Revisora — Olivia Frade Zambone

Arte
Editora — Suzana Laub
Editor assistente — Antonio Paulos
Editoração eletrônica — Studio 3 Desenvolvimento Editorial
Eduardo Rodrigues
Editoração eletrônica de imagens — Cesar Wolf

CIP-BRASIL. CATALOGAÇÃO NA FONTE
SINDICATO NACIONAL DOS EDITORES DE LIVROS, RJ

B817c

Brandão, Ignácio de Loyola, 1936-
Calcinhas secretas / Ignácio de Loyola Brandão ; ilustrações de Marcelo Cipis. - 1.ed. - São Paulo : Ática, 2003.
144p. : il. - (Para Gostar de Ler ; v.34)

Contém suplemento de leitura
ISBN 978-85-08-08613-9

1. Ficção brasileira. I. Título. II. Série.

10-6269. CDD 869.93
CDU 821.134.3(81)-3

ISBN 978 85 08 08613-9 (aluno)
CL: 730341
CAE: 220328

2025
1ª edição
9ª impressão
Impressão e acabamento: Log&Print Gráfica, Dados Variáveis e Logística S.A.
OP: 286679

Avenida das Nações Unidas, 7221 – CEP 05425-902 – São Paulo, SP
Atendimento ao cliente: 4003-3061 – atendimento@aticascipione.com.br
www.aticascipione.com.br

Sumário

Uma visão da vida

Ignácio de Loyola Brandão

Um dia, andando pela Avenida Brasil, em São Paulo, dei com uma mulher que desejava uma informação: O senhor pode me dizer se a Rua Hungria passa por aqui? Indaguei: a senhora quer saber se o ônibus que passa pela Rua Hungria passa por aqui? Não, ela me corrigiu, raivosa. Quero saber se a rua passa por aqui. Se passar, vou esperar, porque preciso ir lá. Todo mundo é burro? Faço essa pergunta e ninguém entende. Ninguém sabe que as ruas passam umas pelas outras? Irritada, ela se foi.

Fiquei pensando naquela mulher, abri minha cadernetinha e anotei o episódio. Tenho sempre comigo a cadernetinha, me refresca a memória: descrevo situações, ideias, frases, nomes. Dois dias depois, deveria escrever a minha crônica para o jornal *O Estado de S. Paulo*. Os assuntos sempre são o grande problema. Tem semana que podemos decidir entre dois ou três. Como certos técnicos de futebol que dispõem de um bom banco de reservas e ficam tranquilos. Também um cronista necessita de um bom banco, porque às vezes a coisa aperta. Assim, naquele dia, sentei-me e contei a história da velha que desejava saber sobre a Rua Hungria. Uma crônica bem-humorada, divertida. Um cronista deve estar antenado com a cidade em volta. Deve ler jornais, conversar com as pessoas, ouvir histórias. Os assuntos estão por toda parte. Ficam à nossa espera.

Outra vez, saí de casa, estava um tempo feio, carregado, o céu cheio de nuvens. Assim que coloquei os pés na rua, um garoto passou e me disse: Tio, por que o senhor não tem sombra? Respondi que a sombra só aparece quando tem uma luz forte, mas ele não se conformou. Não está escuro, o senhor quer me enganar. Informei que aquela luz não era suficiente para fazer sombras. Ele nem me ouviu, saiu correndo e gritando: a sua sombra fugiu, sua sombra fugiu, onde será que foi? Onde será que foi? Teve medo do senhor! Claro que anotei tudo, transformei em uma crônica, depois um dia aumentei, transformei em um conto. E esse conto foi ganhando mais e mais força, até completar 80 páginas. Coloquei no meu livro *O homem que odiava a segunda-feira*. Porque o escritor é a pessoa que aproveita tudo, já que a inspiração não passa de observação, de ficar atento, esperto. O cronista é um homem que contempla a cidade, o mundo em que vive e conta o dia a dia, descobre as curiosidades do cotidiano, transforma a vivência em crônica, em ficção.

Uma crônica pode ser um conto, quando os fatos que ela narra podem ser lidos daqui a 20 ou 50 anos com o mesmo sabor, quando não envelhece. Uma crônica é um texto que diverte, emociona, dá prazer ou entristece, mas ela é principalmente uma visão da vida, maneira de nos ajudar a contemplar o mundo, entender o país, os que estão em volta de nós. Enfim, de nos levar a melhorar.

Mistérios e surpresas

Festas de casamento

Cinco homens na faixa dos quarenta, fiéis amigos desde a infância. Gente interiorana que cresceu junto, estudou e, principalmente, aprontou. Homens maduros, formados, engenheiros, políticos, empresários, responsáveis, têm famílias, filhos, situação econômica estabilizada, se é que alguém neste Brasil tem. Eles cresceram e amadureceram, conservando o espírito irreverente e ousado de adolescentes, divertindo-se ainda, com truques que podem parecer infantis. Confesso que, conhecendo o grupo, sua união e a intensidade criativa, prefiro mil vezes suas brincadeiras ingênuas às daqueles jovens de Brasília, assassinos do índio pataxó. Ali, há pouco tempo, o filho do ex-ministro Odacir Klein matou e fugiu. Julgado, por uma artimanha da Justiça, foi condenado a pena ridícula. Saiu-se a la fresca! A benevolência da Justiça para com os filhos dos poderosos tem criado o clima para que outros venham e queimem índios, queimem brancos, queimem negros, queimem a Constituição e o Código Penal.

Há alguns anos, o grupo dos cinco tem praticado, com sucesso, uma atividade aventureira, ainda que sem perigo. Podem despertar surpresas, desconfiança, mas como se comportam bem, mesmo quando se descobre o golpe, a infração acaba relevada. A diversão deles é ser penetra em casamentos. Todos os fins de semana, eles conferem a lista de recepções. Não é difícil, uma vez que moram numa cidade do interior, de tamanho médio. Acionam contatos em cartórios, olham proclamas de igreja, leem jornal, consultam bufês. Estes dão as melhores dicas, informam onde vai haver comida da boa e bebida da melhor. Claro que as consultas são feitas em sigilo, com habilidade.

Feita a lista, os cinco passam o tempo analisando que recepção vão "atacar". Tem de ser local onde não sejam conhecidos. Escolhido o campo de combate, vestem as melhores roupas, perfumam-se, compram um presente simpático, forjam um cartão e saem. Chegam, de propósito, em uma hora em que a festa já tenha começado e os convidados começam a embalar. Os cinco têm experiência, desenvoltura, pose. Entram, altivos, tranquilos, circulam, cumprimentam pessoas, dirigem-se à noiva, elegantes e corteses, fazem o beija-mão familiar. A noiva pensa que são convidados do noivo e o noivo da noiva. Na hora, quem pergunta? Os cinco são bem-apessoados, educados, calmos, recusam as primeiras bebidas e salgadinhos, acentuando: "Viemos apenas dar um abraço nos amigos". Puxam conversa com os pais dos noivos, engatam assuntos, são envolventes.

É fatal que alguém insista, "por favor, bebam alguma coisa, fazemos questão". Tomado o primeiro copo, dada a partida, eles iniciam uma corrida por pistas desconhecidas, enfrentam retas e curvas, mas não se atropelam, não provocam acidentes, é ponto de honra. Comem, bebem, riem, dançam, mas não paqueram (todos são casados). Ficam na deles. São dos últimos a sair, trocando pernas, amigos de todos, fornecendo telefones (falsos), prometendo almoços e jantares, partidas de tênis e futebol entre casados. Possuem até uma chácara para um descontraído e alcoólico futebol sabatino, onde saem pontapés a valer.

Quando encontram algum conhecido na recepção, dão um jeito de atraí-lo para um canto e abrem o jogo. O sujeito entra na deles, fica observando os caras de pau. Dia desses, quase entram em fria. Chegaram para a recepção, estacionaram o carro, entraram. Quando contemplaram o cenário, se entreolharam e no entreolhar estava implícita a pergunta:

"Damos meia-volta ou continuamos?" Tiveram de continuar, foram recebidos com um forte aperto de mão, um sorriso e um ar de inteira suspeita. Na festa não tinha um único branco. Estavam no lugar mais do que errado. Foram cercados e era cada negão chique, mas de cara abismada. Foram cumprimentando aqui e ali, retomaram o *aplomb*, recusaram as primeiras bebidas, cumprimentaram o noivo, a noiva, os pais, foram se entrosando, se soltando, mantendo a linha, apavorados por dentro. Essa tinha sido forte. Ninguém apareceu mais do que eles. Cinco brancos atarantados em meio a um mundo de negros. Tudo gente educada, ninguém mandou um recado de leve. Os donos da festa deviam estar se divertindo com a saia justa. Os cinco comeram pouco, beberam menos, deram um tempo, e retiraram-se estrategicamente. Abraçaram e foram abraçados. "Fiquem mais um pouco, é cedo." Era mesmo, jamais ficaram tão pouco em uma festa com bebidas tão boas. Na saída, o noivo não aguentou: "Tudo bem, vocês foram legais, não bagunçaram, portaram-se direito. Quem, diabos, são vocês? Por que vieram ao meu casamento?"

Há poucas semanas, caíram em outra. Agora andam desconfiados de que perderam a velha manha. Ou o mundo está mudando. Escolhido o casório, tudo preparado, saíram na hora combinada. Na porta, olharam em torno. Avaliaram os carros. Desconfiaram.

— Perceberam? Só dá Logus! Não me cheira bem.

— Entramos! Nunca recuamos.

Entraram, olharam, deram meia-volta. Pela primeira vez em anos viram que não dava. Não havia um único brasileiro. Eram todos japoneses. E só se ouvia falar japonês. E a única palavra que conhecem de japonês é Kawakame, nome de uma sorveteria local. Saíram às gargalhadas:

— Viram? Eu sabia quando vi o monte de Logus. É carro de japonês!

Calcinhas secretas I

Caminhando pelas calçadas congestionadas por camelôs que pagam propinas aos vereadores e, portanto, estão autorizados a montar suas barracas, ele hesitava diante da quantidade de bancas vendendo calcinhas e sutiãs. Desde que a Tiazinha começara a ter sucesso, as bancas exibiam modelos os mais diferentes, procurando excitar as mulheres na conquista dos amados. Percebeu que parte dos compradores eram homens e ficou na dúvida. Para eles mesmos ou para as mulheres? Parou diante de uma nordestina de rosto marcado por sulcos profundos e escolheu uma calcinha vermelha, uma preta aberta na frente e duas de renda. "Se levar meia dúzia, ganha uma de brinde", disse a vendedora, com os olhos iluminados pela esperança. Como na feira, pensou ele. Quem compra quatro pastéis leva um de brinde. Por toda parte, promoções para segurar freguês.

Em lugar de calcinhas, pediu dois sutiãs e a vendedora mostrou-se agradecida. "Tomara que façam sucesso, que ela goste e o senhor volte." Ela goste! A vendedora não podia, nem de longe, prever as intenções dele. Era uma ideia que tinha ocorrido de repente, ali, diante do mar colorido de peças íntimas. Foi almoçar no Ponto Chic, tomou dois chopinhos, um antes do Bauru, outro depois, consultou o relógio e seguiu para o cinema. Já havia uma fila, Mel Gibson tem um fã-clube no centro da cidade. A sala estava fresca. Escolheu uma fileira central, espectadores vieram sentar-se perto, ele trocou de lugar. Foi mudando até localizar-se em um canto deserto.

Vibrou com o Mel Gibson distribuindo porradas e tiros. Decidiu abrir o pacote e, no escuro, não soube qual das calcinhas estava sendo retirada. Não importava. Deixou a peça pendurada no braço da poltrona, pensou melhor, apanhou um sutiã, jogou no chão e mudou de lugar. Era mais completa a ação. Instalou-se num ponto estratégico e ficou à espera. O filme terminou, as luzes acenderam-se, as pessoas começaram a sair. Suspense. Será que ninguém veria as calcinhas? Uma mulher bateu os olhos, virou-se para o companheiro, apontou. Os dois gargalharam: "Aqui foi quente. Aqui, sim, passou uma máquina mortífera". Sentaram-se, espantados e curiosos, para saborear reações. Um senhor deu com a calcinha, reprovou com um gesto de cabeça. Não demorou para que se formasse um grupo que ria, comentava e imaginava o que se teria passado no escuro da sala. Alguém descobriu o sutiã no chão, os murmúrios cresceram. O mistério aumentou.

Um policial surgiu para ver o que acontecia. Chamou o lanterninha, um velho manco. O homem contemplou as peças rendadas e ficou parado, sem decidir o que fazer. Não

teve coragem de pegar as peças. Sabe-se lá o que tinha acontecido. Disse: "O faxineiro cuida disso". O seu rosto mostrava assombro e alegria. Algo de diferente acontecia na mesmice das sessões. Seu trabalho era quase inútil, ninguém mais precisava de um orientador no escuro. Permanecia no posto pela amizade do exibidor, com quem começara trinta anos atrás. Sempre de lanterna na mão. Devia ser o último de uma categoria em extinção. As condições de trabalho tinham piorado tanto, que ele era obrigado a comprar do próprio bolso as pilhas para a lanterna. O que fazia com alegria, uma boa luz era o seu orgulho.

O policial ficou exasperado: "Vejam que imoralidades se passam num cinema. Se eu pegasse o elemento! Chamem o gerente". O que podia fazer o gerente? Suas atribuições não eram no escuro da sala. Situação para o lanterninha: "Eu? Quer dizer que tenho de passar a sessão inteira varrendo a sala com a lanterna? Vai ser uma bronca só. Além do mais, gastaria dez pilhas por semana. Isso é com a polícia, que fica assistindo a filme de graça". O policial irritou-se: "Isso não pode ficar assim". E o gerente: "O que vamos fazer?"

Calcinhas secretas II

A nova sessão começou, o gerente voltou à sua sala, o lanterninha e o policial passaram vinte minutos rodando pelos corredores, aproximando-se dos casais. Postavam-se diante deles, ostensivamente; o lanterninha iluminava-os, tentando surpreendê-los. O que provocou protestos de um homem, que se levantou, interpelando-os duramente. Com medo, o lanterninha retirou-se e o policial pareceu desistir. O homem que tinha levado o pacote de calcinhas esperou dez minutos, rondou à procura de outro lugar estratégico, repetiu a operação, deixando a calcinha à vista. Mudou de lugar e outra vez colocou pistas falsas. Aguardou.

No intervalo, as pessoas fizeram grupinhos diante das calcinhas espalhadas e logo gerente, lanterninha, policial, faxineiro e dois funcionários do cinema correram, nervosos. "O que está acontecendo? Se fosse uma sala de quinta, que exibisse pornôs, eu entenderia. Mas esse é o último cinema do centro que conserva sua dignidade." O gerente colocou os dedos no nariz do policial: "Resolva o assunto. O senhor só assiste aos filmes numa boa, come cachorro-quente de graça, dorme lá atrás em cada sessão".

O policial riu: "Pensa que é meu chefe?" Deu as costas e foi ao *hall*, encostou-se no balcão da antiga *bombonnière,* pediu um cachorro-quente completo. A mulher reclamou: "Um só por dia, por favor". Ela tinha vendido bombons e chocolates, balas e dropes, quando o cinema era dos mais elegantes.

Mantinha a concessão do lugar, mas tivera de mudar de ramo; escolheu sanduíches rápidos e baratos. "O que está acontecendo lá dentro? O gerente ficou passado." O policial riu: "O pessoal anda mandando brasa dentro da sala".

O homem que tinha levado as calcinhas contemplou, deliciado, o alvoroço, desfrutou a perplexidade e imaginou a curiosidade de cada um. Teriam assunto para os escritórios, os clientes, o jantar em casa. Pena que não tivesse jornalista na plateia. Jornalista. Que boa ideia! Por que não telefonar para alguns? Chamar o Merten, o Zanin Oricchio, o Ignácio de Araújo, o Inimá Simões. O homem das calcinhas, diga-se como esclarecimento necessário, adorava cinema, lia colunas, recortava críticas. Quem sabe o Inimá escrevesse um livro: *O erotismo nas salas*?

No dia seguinte, o homem das calcinhas mudou de cinema e refez a operação, com sucesso. Foi repetindo a artimanha, percebendo gerentes cada vez mais intrigados. Deliciado, remuniciava-se na banca da nordestina de rosto marcado, tinha simpatizado com a mulher. Ela, no entanto, não entendia por que aquele homem comprava tantas calcinhas e sutiãs. Seria um revendedor? Ou eram para uso próprio? Que tipo de uso? Quem era esse homem? Um tarado?

Esgotados os cinemas do centro, ele foi para o *shopping*. Os resultados foram melhores. No primeiro dia, deu a maior repercussão. Um pai ia sentar-se com as filhas, percebeu a calcinha no chão. Chamou o gerente, chamou todo mundo, fez escândalo, chamou o administrador do *shopping*, gritou que ia processar, retirou-se empurrando as jovens que riam, excitadas. E o homem das calcinhas repetiu a operação na sala 2, sem tanto estardalhaço, mas, de qualquer maneira, provocando igual assombro. O que se notava era a decepção das pessoas que gostariam de ter visto o acontecido. Numa segunda sessão, ele observou que quase ninguém prestava atenção no filme, as pessoas ficavam olhando em volta, mudavam de lugar, sentavam-se perto de casais, não importava a idade.

Quando, ao acender as luzes, encontravam as calcinhas e sutiãs, era um murmúrio de frustração.

Percebeu que aquelas salas começavam a lotar, todo mundo procurando resolver o mistério das calcinhas que surgiam no escuro. Só que, com as sessões lotadas, ele não podia agir, não havia espaço, nem ocasião. E então, começou a espalhar calcinhas nos banheiros de restaurantes, ônibus, metrô, portas de cursinhos, escadas de emergência dos prédios, elevadores, por toda parte. E foi gerando curiosidade. Gastava seu salário e rejubilava-se porque as rádios e televisões começaram a comentar, os jornais procuravam o casal misterioso que transava por toda parte. Houve até mesa-redonda na TV com a Silvia Poppovic discutindo com bom humor a moralidade vigente.

E ele coleciona recortes, cola em álbuns. Interrompe a operação por um mês, retorna em local inesperado, o assunto volta à tona. E de sua janela, num apartamento da Praça Roosevelt, ele contempla a cidade que jamais vai decifrar o enigma. E considerando-se um privilegiado, dono de um segredo que intriga a todos, nem sente a dor da solidão em que vive e já se impregnou nele.

O chamado da morte

Aconteceu na minha casa. Ah, como conhecemos pouco o povo, sua fé, maneiras de ver e viver a vida. Tarde dessas, minha filha foi tomar banho, antes de ir para a aula de canto. Na hora de sair do banheiro, ao girar a maçaneta, ouviu um ruído de metal se rompendo. Um clique forte e a porta não abriu. Ela tentou, a maçaneta não se moveu. A aula seria dentro de quinze minutos. Novo esforço, nada. A mola devia ter-se rompido. Então, começou a chamar por Alzeni, a baiana sorridente que trabalha conosco. Maria Rita gritou, gritou e a empregada não vinha. Onde estaria?

Certa angústia começou a tomar conta de minha filha. Se Alzeni tivesse ido embora, ela sabia que tanto eu quanto a mãe dela só chegaríamos em casa por volta de oito horas da noite. Isso se eu não ficasse preso em uma reunião. Olhando pela janela, ela pesquisava o céu. Se chovesse, o trajeto da mãe, entre o Alto da Lapa e nossa casa, ficaria complicado. O melhor mesmo seria a empregada estar por ali. Quem sabe no quarto se trocando para ir embora. Ficou a esperança.

Por via das dúvidas, continuou a chamar e a olhar para o relógio. Passaram-se dez, quinze minutos e a empregada ausente. Puxa! Se ao menos o celular estivesse no banheiro! Contudo, só peruas levam celulares para o banheiro, não faz o mínimo sentido. Maria Rita, que jamais sofreu de claustrofobia, começou a se preocupar. Teria de dar um jeito de se acomodar e esperar, mantendo a calma. Ocorreu então chamar a empregada através da janela do banheiro, que dá para os lados da área de serviço, uma vez que o apartamento faz um U. Chamou e percebeu que a empregada ouviu e veio. Mas não conseguiu abrir a porta. O zelador subiu, desmontou a fechadura e Maria Rita saiu, abalada, querendo chorar. Perguntou a Alzeni:

— Onde você estava?

— Na cozinha.

— Não me ouviu?

— Ouvi, filha, claro que ouvi! Não sabia que era você.

— Quem podia ser?

— A morte!

— A morte?

— É que quando a gente ouve alguém chamando, e não conhece a voz, é a morte. Ela chama, sem que a gente saiba de onde vem a voz. Um truque dela. Se ela chama, a gente não pode responder. Deve dizer: "Sai, morte, que estou forte! Não adianta me chamar. Não vou com você!" Aí, a morte desiste. Mas se você cair na armadilha e responder: "Sou eu! O que você quer? Estou aqui!" Ela te leva! Foi aí que fiquei na minha, rezando e gritando: "Vai morte, que estou forte". Chamava meu nome, fiz que não era comigo. Quanto mais me queria, mais eu me calava. Depois, ela ficou quieta, suspirei, agradeci a Deus. Nessa hora ouvi você me chamando pela janela, fiquei aliviada, não tinha sido ela.

Na surpresa, ante o inesperado e sincero relato, crendice sólida que Alzeni trouxe da Bahia, o pânico de Maria Rita se dissolveu. Relaxou e foi para a aula. Na esquina, perto da farmácia, ouviu: "Maria Rita! Maria Rita!" Parou. Não quis olhar. Estremeceu e virou. Não, não era a morte! Apenas Marília e Alice, amigas que iam para a aula também.

A velha que odiava os raios

Os meteorologistas (também já li a palavra meteorólogos) andam preocupados com a quantidade de raios que tem caído nas últimas tempestades. É um festival, lembrando a figura clássica de Júpiter fulminando a terra. Ou não seria Júpiter? Não tenho em mãos o dicionário de mitologia. Se não for, imaginemos que um dia Júpiter se enfureceu e despachou seus raios. Os deuses eram muito temperamentais.

Lendo sobre raios, duas coisas me voltaram com nitidez. Um homem que, em Araraquara, nos anos 40, recebeu um raio na cabeça, em pleno Largo São José, entre as ruas 7 e 8. Era um descampado, usado para jogos de futebol, mas também era onde os parques de diversões acampavam. Uma tarde, caiu um toró daqueles.

E depois que tudo se acalmou, o homem, que tinha ido buscar um cavalo, foi atingido por um raio retardatário. Corremos para ver. Era um tição. Podia ter sido qualquer coisa, menos um homem. O episódio serviu para fornecer novo argumento às nossas mães quando queriam nos impedir de sair de casa, antes de uma chuva: "Cuidado, que o raio pega!" Porém, a delícia de brincar nas enxurradas ultrapassava o medo.

O outro episódio é recente, vem dos anos 70. Eu era editor da revista *Planeta*, pioneira do esoterismo na imprensa. Em cinco anos como diretor vi de tudo. Mas nada me impressionou tanto quanto uma velha que me visitou certa tarde. Trazia uma sacola de plástico, um pouco ensebada. Era magra, de gestos bruscos, um tanto ríspida, porém muito objetiva. Falamos de assuntos genéricos, era uma descendente de holandeses, pessoa de cultura vasta.

O marido tinha pesquisado a vida inteira o poder dos raios. Dedicara todo o tempo a eles. Como são, porque são, a energia, força, os estragos que produzem. Enfim, o homem tinha um levantamento completo.

— O mais importante, porém, é que ele descobriu a forma de neutralizar os raios, de modo a domesticá-los, torná-los escravos.

— Domesticar os raios?

— Sim, eles são poderosos. A força mais poderosa do universo; se julgam invencíveis. Porém, meu marido achou a fórmula.

— E...?

— Eles conseguiram pegá-lo antes. Um raio atravessou a janela e fulminou-o. Não contente, meses depois, outro raio matou nossos dois filhos na cama. Uma tia de meu marido foi morta ao sair do cinema. O raio veio direto à cabeça dela. Agora, estão atrás de mim. Mas se eu conseguir publicar antes o livro do meu marido, eles perderão a força.

— O livro?

— Com todos os segredos revelados. Se o povo souber disto, se o segredo dos raios se tornar público, eles perdem a força.

— E onde está o livro?

Ela apanhou a sacola. Remexeu. Tirou um monte de coisas de dentro. Nada do livro. Começou a ficar nervosa, se desesperou.

— Eles conseguiram, conseguiram! Os raios me levaram o livro!

Foi preciso pedir a uma farmácia que mandasse um calmante. Dificílimo dominar a velha. Totalmente transtornada. Depois que tudo se passou, ficou o zum-zum-zum e quase toda a Editora Três quis saber o que era.

Disse que a velha devia ter esquecido o livro em casa e então atribuía aos raios o desaparecimento. Foi então que Bete, a recepcionista, me disse:

— Mas eu vi o livro. Sobre os raios. Esquisito, cheio de fórmulas, desenhos e fotografias. Estava olhando, quando o senhor chamou, mandou que a velha entrasse. Ela apanhou o livro, colocou na sacola e foi para a sua sala.

Entre a recepção e a minha sala eram pouco mais de quinze metros. Num ponto qualquer, o livro se dissolveu.

A vingança de Madalena

Na cidade, o grupo dos Responsáveis, velho e alquebrado, corroído pelas verdades da vida, reúne-se no CondeBar, na frente da esquina onde foi instalado o primeiro semáforo da região. Lembram-se das noites em que ficavam diante do farol, gritando: Verdejô! Vermeiô! Amarelô!

Essa lembrança é antiga. Eles tinham acabado de sair da adolescência e na cidade não existiam muitos divertimentos. Hoje, sentam-se nos bares, reclamam das dores nas costas, do fígado que não suporta nem Malzbier, dos cabelos que despencam, dentaduras que machucam. Dez e meia da noite, caem de sono, recolhem-se às casas, sentem frio à menor brisa, vivem cheios de manias. Dia desses, lembraram-se da Madalena.

— Que mulher! Era moderna numa cidade de caretas.

— Uma sacana. Aprontava mais do que nós.

— Era uma gostosa. Mais do que a Cotuba (um personagem célebre, loira, perua, alta, vistosa).

— Quem será que transou com ela?

Desfiaram um rosário, lágrimas vieram aos olhos. Gente que apronta muito na juventude, na meia-idade comove-se com facilidade. Os Responsáveis jamais serão esquecidos. A cada dia inventavam uma "pegadinha". O que faziam inocentemente para quebrar a monotonia, hoje aparece no *Programa do Faustão* ou no *Tudo por dinheiro*. O romantismo deu lugar ao monetarismo. Colocar Tang de groselha na caixa-d'água de uma pessoa, depois gritar que era o sangue de Cris-

to. Guardar cocô para melar fechaduras de automóveis na porta do clube. Contratar pedreiros para derrubar o muro de alguém. Entrar na igreja e trocar os santos de altar. Colocar tinta preta na pia de água-benta.

Naquele dia, o assunto era Madalena. Uma fera a moça. Bonitona, saudável, esportista, as mais belas coxas da piscina do Tênis. A maior inventora de "pegadinhas". Certa época, os Responsáveis começaram a sacanear Madalena. Sabe-se lá por quê. Talvez por tédio. Tudo o que pode acontecer, aconteceu com ela. A última foi durante o baile da agrimensura. Madalena tinha começado a namorar um dentista bonitão. Estava dançando embalada e quando percebeu chegou perto da mesa dos Responsáveis. *Cheek to cheek* no bolero lento. Um dos moços levantou-se, cheirou o ar, apontou para ela, exclamando: "Madalena soltou um pum! Não soltou, pessoal?" E todos, em coro, como jograis: "Soltou. Como sempre!" Nunca mais ela falou com ninguém. Afastou-se. Mudou para São Paulo. Sempre lembrada com nostalgia. Os Responsáveis acharam tudo chato, depois que ela se foi. Ficou um vazio.

Passaram-se os anos. Muitos. Dia desses, cada um dos Responsáveis recebeu uma carta. Quem assinava, Edwiges, dizia-se sogra da Madalena. Contava que a vida inteira a nora falara do grupo, amava aquela gente, apesar da cafajestice. A sogra acrescentava que na cristaleira de Madalena havia fotos de cada um. E antes de morrer, com a doença que todos sabem, mas não dizem o nome, pediu: "Se eu morrer, escreva para meus amigos. Que venham para a missa de sétimo dia. De terno preto e gravata, de sapatos novos. Cada um trazendo um grande maço de cravo de defunto. Que assistam à missa de joelhos! E depois da missa, passem pelo cemitério para mais uma oração". A missa, finalizava a sogra, será na próxima quarta-feira, em horário um pouco incômodo, dezessete horas, na Vila Formosa.

"Bem pessoal. Vamos satisfazer a última vontade da Madalena, afinal é a primeira Responsável que morre." Se tanto disseram, melhor fizeram. Compraram ternos, sapatos novos, organizaram a caravana, meteram-se em congestionamentos, perderam-se por São Paulo, sem saber como chegar à Vila Formosa. Finalmente — verão pleno — cansados, suados, carregando maços de cravos de defunto com um cheiro tenebroso, chegaram à igreja, ouviram a missa, ajoelharam-se e rezaram. Não conheciam os parentes, não sabiam quem era a tal sogra. Depois, foram ao cemitério, uma nova odisseia para encontrar. Tinham um pequeno mapa localizando o túmulo. Conhecem Vila Formosa? Uma imensidão. Encontraram a campa. Havia uma inscrição recente, ainda em papelão: Madalena. Choraram muito, comovidíssimos. Ajoelharam-se. Então, ouviram uma voz: "Vou rezar com vocês, mereço um terço. Peguei todo mundo. Ganhei a última". Ali estava Madalena, viva. Quase cinquentona, exuberante. Às gargalhadas. Vencera a parada, vingara-se do baile.

Gastou a mão batendo palmas I

Dia de Natal. Na Rua Marselhesa, na Vila Mariana, o homem batia palmas diante do portão. Era um velho de chapéu enterrado na cabeça, tênis marrom, calças amarrotadas, porém limpas. Ninguém atendeu e ele continuou a bater com um vigor surpreendente para a idade. A campainha estava ao lado, porém ele batia palmas, olhando para a janela aberta do sobradinho. Talvez lá dentro estivessem olhando por uma fresta e se recusando a atender, porque nesta cidade, todos os dias, todas as horas, as pessoas batem à porta, pedindo água, comida, dinheiro, roupa, sapatos, ajuda para comprar um remédio, completar uma passagem para um lugar desconhecido. Ou desejando boas-festas. Essa é também uma das razões por que o povo prefere morar em apartamento. Os prédios põem barreiras como portões eletrônicos, porteiros, guaritas com vigias armados, câmeras de tevê.

Abandonei a conversa com meu amigo Geraldo Busatto, atravessei a rua, cheguei junto ao velho e apontei a campainha.

— Não é mais fácil apertar a campainha?

— Detesto campainhas.

— Não devem estar ouvindo suas palmas.

— Faço o que posso!

As suas palmas estão fracas.

— Claro, minhas mãos estão gastas. Faz quarenta anos que bato palmas.

— As mãos não se gastam. Podem estar cansadas, gastas, não.

— Pois as minhas se vêm gastando. Olhe só.

Realmente as mãos do homem eram finas, quase transparentes. Fiquei surpreso ao ver como ainda conseguiam produzir um som audível.

— Podia apertar a campainha, mas espero que reconheçam meu esforço. Cada homem precisa esforçar-se para atingir sua meta.

— E a sua, qual é?

— Enriquecer.

— Pedindo nas portas?

— Foi o conselho de meu pai. Não se envergonhar de pedir. As pessoas dão se percebem que você é honesto. Dando, elas sentem que são generosas.

— Essa não! A maioria não dá.

— Temos de chegar cedo, antes dos outros. Agora vejo que é tarde, são duas horas. Também não posso bater às seis da manhã, seria expulso. O senhor pode fazer um favor? Bater um pouco por mim? Minhas mãos doem.

Bati. Não é fácil bater palmas. As mãos começam a formigar, a pele fica vermelha. Parei.

— Vamos apertar a campainha. É melhor.

— Não. Nada técnico! Não quero usar a eletricidade. Nunca uso. Para nada!

— E como vive?

— Vivo bem!

— Sem eletricidade, luz, tevê, sem geladeira?

— Para que precisamos de tudo isso?

— Não tem luz na sua casa?

— Não.

— E à noite, como faz?

— Dormimos.

— Mas o senhor não dorme assim que a noite cai.

— Não, ficamos conversando. Colocamos as cadeiras para fora, batemos papo.

— Está bem. Mas e a geladeira?

— Coisas geladas são contra a natureza.

— Mas como conserva a manteiga, a carne, as verduras?

Ele me olhou como se eu fosse um ser estranho. Talvez a sua expressão fosse igual à minha. Ou estaria ele mentindo? Mas por que mentir, por que inventar coisas desse gênero?

— Compramos a carne que precisamos naquele dia. Se podemos comprar. Manteiga não usamos. Comemos o pão puro, quando há pão para comer. Geladeiras ocupam espaço. E o que o povo guarda nelas? Refrigerantes artificiais. Que engordam as pessoas, provocam celulite nas mulheres.

Dando as costas, recomeçou a bater palmas. Ofegava. Mas uma porta se abriu e um homem de terno azul-marinho saiu na varanda.

Gastou a mão batendo palmas II

O homem de azul que atendera a porta exclamou, sem irritação ou sem demonstrar mau humor, coisas raras em um paulistano.

— Ei! O que quer? Para que tantas palmas?

— Venha aqui, por favor!

— Como venha aqui?

— Venha aqui me atender educadamente.

— Isso é maneira de falar?

— As pessoas andam muito grosseiras. Temos de seguir a lei do olho por olho.

— Grosseiro é o senhor, perturbando a tranquilidade das casas. Neste bairro ninguém dá esmolas.

— Não quero esmola. Pedi esmola?

— Não! Verdade. Nem me disse o que quer.

— Pois então...?

— O que quer?

— Quero que o senhor me ajude em um investimento.

— Investimento?

— Preciso juntar dois mil reais para investir em ações.

— E quanto o senhor já tem?

— Nada.

— Então volte quando tiver mil.

— Não posso voltar, estou fazendo a área, depois mudo de setor. O senhor contribua. E já!

— Como já?

— O senhor vai se sentir bem contribuindo. Quando eu ficar rico e o senhor olhar para a televisão, vai me ver nos programas mais importantes. No Ratinho, na Ana Maria Braga, no Gugu. Meu sonho é ser depilado pela Tiazinha. Então, terá orgulho de mim e poderá dizer aos seus amigos: "Ajudei esse homem a se fazer".

— Quando o senhor ficar rico, a Tiazinha será avozinha. Mas, espere... Já que está todo mundo louco, também eu!

Eu não acreditava. O homem entrou, deu um tempo e voltou com duas notas na mão. Achei que eram de um real cada uma. Não eram. Depositou nas mãos do homem que batia palmas duas notas de cinquenta.

— Digamos que essa é a minha contribuição.

— Obrigado. Deixe-me anotar.

— Quando me paga?

— Nunca.

— Como nunca?

— Ricos não pagam dívidas.
— O senhor não é rico.
— E o senhor não me emprestou nada.
— Como não? Dei cem reais.
— É isso! Deu! Não emprestou. Nada lhe devo.
— Deve o favor.
— Favor com favor se paga.

O dono da casa que contribuíra com cem reais estava abismado. Mas devia ter senso de humor, porque sorria. Como eu, ele não acreditava no que estava acontecendo. Provavelmente estivesse mais surpreso ao ver que tinha dado, doado, cem reais, assim sem mais nem menos.

— Então, faça-me um favor.

— Lamento. Sou um homem moderno, endurecido pela vida. Não faço favores.

— Por quê?

— Fazer um favor implica deixar uma pessoa em dívida com a outra. E isso pode deixar a pessoa angustiada.

— Não vou ficar angustiado, juro que não!

— Não quero vê-lo ansioso, o senhor é bom, me deu cem reais. Pode ser o início de uma fortuna. Marque o dia de hoje.

— Este é o dia e a hora em que você vai morrer, seu maluco!

O homem que batia palmas foi se afastando, tranquilo. Depois correu, subiu em uma árvore, saltou para um telhado, pulou na capota de um ônibus. O letreiro de destino dizia: Rua do Iluminismo (Cupecê).

Ler o final e depois o começo

Apaixonou-se por Fabiana numa festa ao ouvi-la declarar, numa discussão sobre um livro de sucesso, quando todo mundo estava ansioso por saber o final: "O final já sei. Quero saber o começo". Todos se voltaram para ela, intrigados. "E como é o final?" Ela contou e muita gente não gostou, esperava uma coisa diferente. No entanto, a maioria achou divertido e mudou de assunto, pensando tratar-se de um charme que Fabiana fazia. Mas ele, que já gostava daqueles olhos, da maneira dela falar, escandindo um pouco as palavras, e do riso aberto que jorrava subitamente, quis saber mais. Quando gostava muito de alguma coisa, exclamava, alongando a palavra: "maaaaraviiilhoooso".

— Verdade que não leu o começo?

— Claro que não!

Ele contou e os olhos dela brilharam.

— É o que eu esperava.

— Verdade? Você começa pelo final?

— Sempre. Se o final for bom, leio inteiro. Se não for, não perco tempo.

— E estraga a surpresa!

— Livros não precisam ter surpresas. Basta serem bons. Com surpresas ou não.

Ele nunca tinha pensado nisso, apesar de ler tanto. Era uma pessoa à antiga, comprava, amontoava no criado-mudo, na mesa de trabalho, lia sempre. Lia aos domingos à tarde, quando, horrorizado com a mediocridade das banheiras do Gugu, girava o botão e a sala permanecia em inefável silêncio, coisa tão necessária.

— Como faz com livros policiais?

— Leio. Como qualquer livro.

— Não começa pelo fim...

— Claro que sim.

— E torna-se desnecessário ler o começo.

— Não vejo por quê.

— O mistério foi desvendado.

— Tenho a revelação e me pergunto: que mistério é esse? Aí volto, para saber como tudo começou, o que motivou a situação.

Estava diante de uma pessoa diferenciada, num mundo onde todos são tão iguais, falam do mesmo jeito, conversam da mesma maneira, leem e veem os mesmos livros e filmes, recomendados pelos suplementos.

— E não perde a graça?

— Os melhores livros que li foram aqueles que tinham belos finais. Tão ou mais bonitos que os começos.

— Isso contraria os princípios da dramaturgia...

— E o que tenho a ver com isso? Com os princípios da dramaturgia? Tenho a ver com minhas emoções. Gosto de viver as emoções do livro e elas me podem ser dadas de trás para a frente. Ou então o livro não é bom.

Percebeu que ela era uma pessoa que vivia do seu modo, num mundo em que todos são uniformizados e inseguros, precisam da orientação de manuais e guias. Precisam saber, por exemplo, o que os célebres estão vendo e lendo e comendo, para verem e lerem e comerem. Não pensam que os célebres podem ser refinados imbecis que não emitiram opinião nenhuma, pediram auxílio para responder, ou leram em alguma semanal o que está em moda. A cultura é o que está em moda. Como ler um livro que anda na contramão, não fica citado por ninguém? Daí o fascínio de Fabiana. Ao mesmo tempo, pensou: também ando na contramão, é excitante se apaixonar por alguém por um motivo tão fora do normal. Mas quais são os motivos normais para se apaixonar?

— Teve algum livro cujo começo a decepcionou?

— Vários. Se eu tivesse começado pelas primeiras páginas, jamais teria lido o livro inteiro.

— E filmes?

— É igual!

— Mas entrar no final de *Psicose* e descobrir que a mãe é ele, quebra o enigma, desmonta tudo.

— Nada disso! Sendo ele a mãe, como era sua vida? O que fazia, sendo a mãe?

Era um assombro. Apesar de ela o achar muito controlado, passaram a se encontrar. Ele, transtornado de amor e desejo. Aquilo o penetrou, o dominou inteiro, Fabiana passou a ser o ar que o permitia respirar. O hálito dela o aquecia, os dentes dela brilhavam na penumbra do quarto onde faziam amor. Sentiam o tempo escoar por causa de uma fresta na veneziana que deixava passar uma fita de luz que percorria a trajetória de toda a parede, começando por bater, primeiro, no rosto dela, depois subindo até o teto. Paixão é assim.

O presente de namorado

Vanderley estava preocupado. O Dia dos Namorados estava chegando e ele não tinha se armado. Logo neste ano, que ele considerava decisivo. Não sabe dizer exatamente por que decisivo. Talvez pela influência da febre que se apoderou de todos com o fim do século, a mudança do milênio (mentira, o milênio não está mudando ainda) e os quinhentos anos do Brasil. Ah, quem aguenta ouvir sobre os quinhentos anos do Brasil? O Brasil vai comemorar o quê? Não seria melhor ficar quietinho, não soltar tantos fogos?

Deixemos o Brasil de lado, ponderou Vanderley, um sujeito racional. Tudo o que faz na vida é organizado, planejado. Assim, a cada ano, no mês que antecede o Dia dos Namorados, ele senta-se duas ou três noites por semana e põe-se a pensar de que maneira executar o velho plano, sem dar na vista, sem que as pessoas desconfiem. O velho plano é o mesmo, as pessoas é que mudam, ele gostava de variar.

O plano envolve uma conquista. Tem de ser rápido. Tem de usar todos os recursos disponíveis a um jovem moderno. Tem de parecer novo, mostrar um verniz de ousadia, encantar a pessoa. Onde encontrar o alvo? Em São Paulo há trilhas diversas: os *shoppings*, os clubes (mas ele não era sócio de nenhum), os cinemas, as ruas, os teatros, os *shows* do Ibirapuera. Ele dá sorte nos concertos do Ibirapuera, leva sempre uma cadeirinha de lona e uma cervejinha gelada numa sacola térmica — é um farofeiro dos parques. Tivesse mais dinheiro, compraria um desses minichampanhes, o que, sem dúvida, deixa uma mulher encantada. E, se tivesse bastante dinheiro mesmo, compraria com volúpia uma garrafa chamada La Grande Dame. Ao menos, sua amiga Eva garante que champanhe francesa abre o coração de uma mulher.

A verdade: nesta crise, tenta-se resolver mesmo é com uma cervejinha gelada em dia de calor. Problema: onde encontrar calor nestes dias, quando La Niña põe tudo em polvorosa? Já que estamos no inverno, o ideal seria um quentão. Um bom quentão, com muito gengibre, boa pinga, açúcar. Quentão conquista alguém? Principalmente uma jovem? Verdade que a meninada tem frequentado muito os forrós e quentão combina com forró.

Vanderley estava ansioso. Não conseguia decidir nada. Passaram-se cinco dias e ele continuava hesitante. Nenhum plano funcionava. Nada que o agradasse. Deveria ter pensado antes. Como passar o Dia dos Namorados sem uma namorada? Há dez anos isso não acontecia. Calma, nada de desespero. Nada funciona no desespero, ele nos torna irracionais, cometemos imprudências, tolices. Tolice no amor arruína tudo, o caldo desanda. Nossa! Percebeu que estava falando como a mãe dele: tolices, o caldo desanda. Não é linguagem de jovem. E qual é a linguagem do jovem? Eles têm tão pouco vocabulário hoje.

Sentou-se, ligou a tevê, desligou, olhou pela janela, bateu os olhos no prédio vizinho, deu com Daniela, loirinha de olhos verdes que trabalha numa revista e recebe, a cada semana, um pacote imenso de flores. Conversam, vez ou outra, no portão do prédio. Não funcionaria com ela, já devia ter comprado presente para o namorado e talvez fosse receber um. Como competir com quem manda pacotes de flores tão lindas todas as semanas?

Os dias corriam, Vanderley não montava seu plano. As mulheres estão ariscas, desconfiadas, querem um homem inteligente, falante, bem disposto, não babaca (difícil achar um que não seja, comentou Daniela, certa tarde). O Dia dos

Namorados está chegando e ele se convenceu de que passaria sem ninguém. Pena. Não ganharia presente. Porque o Dia dos Namorados para ele é isso. Ganhar presente. Por isso tenta conquistar uma moça bem situada. Que dê algo bom. E ele dando um presente barato, mixaria, ela não gosta e ele tem um motivo para romper. Como vem acontecendo todos os anos.

O cotidiano pode ter brilho

A gente nem de longe imagina as histórias que estão escondidas dentro da cidade. O bom é quando deparamos com o inesperado. O nosso dia muda. Eu vinha pela Avenida Brasil e diante do Centro de Hematologia, um laboratório (a rua está se tornando um centro de análises), parei, esperando que o manobrista colocasse o carro numa vaga. Como não existem estacionamentos nas imediações, os laboratórios tiveram de improvisar com as calçadas. E contrataram manobristas.

O carro na vaga, eu ia continuar meu caminho, quando ouvi.

— Por favor, o senhor tem um minuto?

Virei-me. O manobrista que tinha acabado de estacionar o carro me acenava.

— Posso fazer uma pergunta?

— Claro.

— O senhor é o Affonso Romano de Sant'Anna?

— Não.

— Só é parecido com ele?

— Não, não sou parecido com ele.

Por dentro, sorri. Achei que o Affonso, apesar de meu amigo, não ia gostar de ser confundido comigo. Uma das brincadeiras que são feitas entre aqueles que frequentam a vida literária é simpática para com o Affonso. Diz-se que ele é o escritor mais bonito do Brasil. Que é um dos mais bem vestidos, é. Nunca vi o Affonso mal-ajambrado, está sempre elegante,

ternos de linho, de *gabardine*. Na estica, como se dizia em Araraquara. Portanto, se o Affonso é o mais bonito, na certa não ia gostar de ser comparado com um que nem sequer é bonito, apenas dá para o gasto. Mas não reclamo da cara que Deus (ou não foi Ele?) me deu.

— Acho que me confundi. Mas, o senhor é conhecido, já vi seu rosto.

— No jornal.

— No jornal, verdade. No *Estado de S. Paulo*. Mas o nome me fugiu. Claro que não é o Affonso Romano.

Disse meu nome. Ele sorriu e estendeu a mão. Era um homem moreno, de óculos, cavanhaque grisalho, um rosto simpático.

— Leio a coluna. Li o livro sobre o homem e a segunda-feira. Sou o Romano.

— O Affonso? — brinquei.

— O Carlos Alberto (Ele riu). Posso fazer outra pergunta?

— Claro.

— Se eu fizer um convite, o senhor aceita?

— Faça...

— Queria convidá-lo para a apresentação de um coral. Eu canto nele.

Demonstrava imenso orgulho.

— Vou. Que coral?

— O da Faculdade Ibero-Americana.

Subitamente, o dia me pareceu mais límpido. Imagine! Venho pela rua, olho um manobrista estacionar o carro, sem saber que este homem não é um simples manobrista (sem preconceitos, olhe lá). Ele é mais do que isso, porque carrega um sonho. Manobrar carros em um laboratório é sua profissão, o sustento. Todavia, uma pessoa necessita de algo mais. Precisa do sonho. De alguma coisa que justifique a vida. Que transforme o viver e coloque nele uma embalagem de brilho. É uma forma de dourar o que é o nosso sustento, o dia a dia. E, para isso, Romano tem a música.

Lembrei-me do tempo em que eu era *habitué* da Ibero-Americana. Estava sempre lá, levado pela professora Flora, para bater papo com os alunos, falando de literatura e da vida. Eu me afastei deles, ou eles de mim? O Coral da Ibero-Americana já gravou dois CDs. As músicas são clássicas e populares. Trechos de ópera, árias. Tangos. Canções indígenas. Cantos em quéchua. Composições de Vinícius de Morais. Modinhas. Folclore. Cantam textos de Cervantes. Cantam em espanhol, italiano, francês, alemão. Romano me trouxe um dos discos. O *Ibero 15 Anos*. O outro está esgotado. Não foram gravados para ser vendidos e sim distribuídos. Não fariam feio em uma loja.

Romano contava tais coisas e parecia iluminado. Eu me fui pensando nessas surpresas do cotidiano. No que cada homem tem dentro. Nas utopias de cada um. Pensava nele, o dia todo ali, a manobrar carros dos outros. Depois, indo para os ensaios. Mergulhando na música, atento ao maestro, às letras. Envolvido por outro mundo. Provavelmente feliz. Porque somos felizes quando temos, junto à nossa realidade, uma outra. Quando mantemos um universo paralelo que nos estimula a viver e a crescer. Pensando que talvez em cada esquina desta cidade existam sonhos não revelados que levam as pessoas a suportar o prosaico dos afazeres diários. Tornando poético e encantado esse cotidiano.

Poblema ou pobrema?

Quantas vezes já disse que um cronista não precisa de inspiração? Precisa de amigos e de olhos e ouvidos abertos. Uma cidade como São Paulo está cheia de assuntos em cada canto. Eles ficam à espreita e nos agarram pelas pernas. Há quem procure desvencilhar-se, mas há quem puxe o laço e prenda o tema. Depois, é sentar-se diante do computador e tentar fazer com que a crônica reflita o cotidiano da cidade.

Passei por uma esquina, onde um sujeito alto abraçava fortemente uma moreninha baixa. Parecia não querer largar mais e tive a sensação de que a moça estava perdendo o fôlego. Será que o abraço prolongado e forte estava a incomodá-la? O que fazer? Logo outras pessoas pararam, a observar. Nos entreolhamos. Seria o caso de intervir? O sujeito estava-se excedendo? Mas a moça não pedia socorro, não gritava, apenas mostrava os olhos arregalados. O grupo em torno tinha aumentado. O paulistano é curioso. Finalmente, o grandão largou a moça, que quase arriou e olhou para ele com os olhos mais ternos do mundo. Então, ele perguntou:

— Gostou?

E ela, deslumbrada:

— Melhores, impossível!

Foi o plural mais esquisito, porém o mais significativo que já ouvi na vida. Dizia tudo, repleto de gratidão, prazer, alegria e felicidade. Quem sabe tenha sido para contar que ali, naquela esquina, ela teve orgasmo múltiplo.

Dia desses, me telefonou um amigo, Gilberto Lehfeld, o que foi diretor da CET. Vez ou outra, ele me conta histórias. Muita coisa de trânsito que saiu aqui me foi passada por ele. Gilberto estava apressado: "Preciso te contar logo uma história maravilhosa". Ele tem uma parente que é professora na periferia. Mulher que todos os dias toma o ônibus e segue para sua escola. Ela tem sorte de apanhar a condução em um horário que não é de pico, portanto dá para sentar-se com certa comodidade.

Um dia, ela estava absorta olhando a mesma paisagem monótona e feia dos subúrbios: casas inacabadas, espeluncas com uma mesa de bilhar debaixo de um puxado, mercadinhos rodeados por grades, água de serventia correndo pelo meio de ruas sem calçamento. Então, duas mulheres entraram e sentaram-se no banco da frente. A mais moça dizia:

— Ando tão preocupada.

— Com o que, minha flor?

— Com duas palavras.

— Que coisa, minha flor! Cada vez você tem uma palavra que te deixa perturbada. Que palavras são essas que te perturbam tanto?

— Poblema e pobrema.

— Não acredito que você não sabe.

— Não sei e já perguntei a um mundo de gente. Tem quem me diz que é probema. Como é que a gente faz para descobrir o que as palavras querem dizer?

— Sei lá! Perguntar para um professor?

— Vou ter de ir ao grupo escolar?

— Por sorte, eu sei o que quer dizer poblema e pobrema.

— Jura? Por que não me disse?

— Ia dizer. É tão fácil.

— Diz logo, mulher.

— Minha flor, poblema é quando você tem um poblema em casa. Com o marido, com os filhos, com a mãe, com uma parente. Aí é poblema.

— E pobrema?

— É pobrema de escola. Aquelas contas que as professoras dão para a gente fazer. Quanto mais difícil, maior o pobrema. Entendeu?

— Entendi. E por que não pensei nisso? Fiquei com um pobrema na cabeça e não precisava. Não era pobrema, era poblema. Por que esse era um poblema, não?

Virou-se para a janela, feliz da vida, contente por ter decifrado o mistério das palavras.

Uma sombra foge de mim

A porta do terraço aberta, a cidade flutuava mantida por ondas densas de calor. Do apartamento no 14º andar, a paisagem era infinita. Ainda que, durante o dia, se avistasse somente o verde monótono e interminável de canaviais. Nada mais restava na região. O cheiro acre das queimadas noturnas — viam-se os clarões à distância — entrava na biblioteca, ele fungava, talvez fosse alergia. Duas da madrugada, molhado de suor, perdera o sono, enquanto a mulher ressonava suavemente. Ela sempre dormia bem. Às vezes agitava-se em um pesadelo, logo aquietava-se. Na manhã seguinte, ao acordar, não se lembrava do sonho. Angustiava-se. Sentia um gás que fluía e refluía pela mente, incomodando.

Desde criança sonhava e esquecia. Um dia, comentando em uma roda da Unesp — eram professores, davam aulas em Assis e Araraquara —, levantou a hipótese, lida em alguma parte, de que era prejudicial não lembrar os sonhos. Esses acumulavam-se em uma parte do cérebro e necessitavam de válvulas de escape, sob pena de romper as delicadas membranas da memória. Essa a explicação. Porém, a psicóloga Suely, lúcida, lembrou que estavam todos bêbados. O álcool era a forma de esvaziar a pressão da mesmice das situações, das aulas, alunos, salários baixos, desencontros, frustrações, necessidade de defender teses, ler centenas de livros, acumular citações, publicações, méritos, não passar por inativos.

Ergueu os olhos do livro. Adorava o terraço coberto por buganvílias, uma sorte ter comprado esse apartamento ao acertar treze pontos da Loteria Esportiva, sem entender de futebol. Todos os resultados tinham sido zebra. Por nada saber, acertara. De repente, teve um sobressalto. Uma sombra atravessou o terraço. As portas deixavam entrever apenas parte do espaço, os cantos ficavam escondidos. Alguém teria subido e se escondido? Impossível. Estava absorto em um livro fascinante. *O pássaro da escuridão*, de uma autora ótima, sobre a qual não tinha referências: Eugênia Sereno. Num domingo, passou por um sebo, para matar o tempo, e encontrou o livro. Começou a ler, sentado em uma escada, e só despertou quando o funcionário avisou que ia fechar. Comprou o livro, saiu lendo pela rua. Certa vez, bateu num poste. Outra, não percebeu que uma mulher abria a porta do carro. Deu um encontrão, quebrou duas costelas.

Agora, mergulhado no *O pássaro da escuridão*, tinha visto a sombra passando. Não era medroso, sim curioso. Levantou-se. Não havia ninguém. Chegou à beira do terraço, olhou para baixo, contemplou um homem sem camisa, de chapéu Panamá andando lentamente. Assobiava *Danúbio azul* e os sons chegavam até o alto através da quentura. Então, ele sentiu que havia alguém por trás. Virou-se. Pareceu que a sombra se esgueirou pelo escritório. Tinha a forma de um H. Ele correu, mas o resto da casa estava às escuras e a sombra diluiu-se na escuridão. Esperta.

Em certos filmes, os personagens usam óculos que permitem ver na escuridão. Dissipam a sombra, fica um ambiente esverdeado. Havia um em *O silêncio dos inocentes*. Daria tudo para ter óculos assim, do mesmo modo que, adolescente, tinha tentado tornar-se invisível. Comentou, certa vez, num grupo, esse sonho. Uma das meninas, a mais bonita, a que ele sempre desejara, disse: "E acaso você acredita que é visível?" Todos riram. A lembrança daquela menina surgiu forte na noite quente, o rosto delineado com precisão no escuro. Podia ver o passado projetado em uma tela de cristal líquido. Teve medo. Dizem que antes de morrer o passado nos ressurge em imagens claras. Todavia, o rosto daquela menina linda tinha um problema, o perfume adocicado que ela usava. Um dia pensara: "E se eu beijá-la, vou suportar o perfume enjoativo?" Quem a teria beijado? E se essa tela inexistente, porém límpida, mostrasse? A cortina transparente não escondeu a sombra em forma de H que rodopiou e foi em direção ao quarto. Ele correu atrás. Nada. Apenas a mulher ressonava suavemente.

Deitou-se, não pregou os olhos, até sentir o cheiro de café. Foi à cozinha, trouxe uma xícara, todos os dias acordava a mulher com o café. Ela sorriu: "Sabe o que aconteceu hoje? Sonhei. E me lembro". Ele suspirou aliviado. Começava a esvaziar o estoque de sonhos? Ela espreguiçou-se: "Uma sombra em forma de H enrolou-se em mim e me puxou, me levou ao terraço, e te vi ali olhando para baixo, para um homem enraivecido que assobiava o *Danúbio azul*. Você rejeitou a sombra em H, ela correu para o quarto onde eu dormia e vi o H penetrando em meus olhos fechados".

Flagrantes

Homem feliz na chuva

Estou me lembrando agora de uma tarde que sempre me encantou. Voltava para casa, quando caiu uma chuva das quatro da tarde. Violenta, tinha até granizo. Em volta, as pessoas corriam para se abrigar. Meu primeiro impulso foi correr também. Súbito, me contive. Para que correr? Estava a caminho de casa, textos me esperando, prazos a cumprir. Vivemos cercados por obrigações, compromissos, perseguidos por horários determinados pelas conveniências dos outros. As nossas sempre podem esperar. Vou tomar chuva, decidi.

Continuei, debaixo da tempestade. Em um minuto, tive a camiseta molhada, calças ensopadas, bolsos cheios de água. Não estava de sapato e sim com uma sandália havaiana. Andei devagar, deixando-me molhar mais e mais. Até que não havia um milímetro de meu corpo que não estivesse tomado pelas águas. Elas escorriam da cabeça, dos ombros, braços. Frias, estimulantes. Quatro e meia da tarde, pleno dia da semana e eu na chuva. Essa sensação só as crianças sabem o que é, os adultos perderam.

Pensando em criança, tomei outra resolução. Me meti na enxurrada que descia pela Rua Haddock Lobo. A esta altura, as primeiras águas tinham arrastado a sujeira, de modo que a enxurrada era límpida. Fui descendo, feliz da vida. Então, o carro esporte, importado, parou ao meu lado. O motorista abriu o vidro:

— Você é o Loyola, não é?

— Sou — respondi, contente por ter sido reconhecido até na chuva.

— Sobe aqui! Te levo. Senão, vai ficar todo molhado.

— Já estou.

— Vem, sobe! Não fica tomando chuva.

— Vou molhar todo o seu carro.

— Não faz mal, o carro a gente enxuga. Sobe, que isso vai te fazer mal.

Sujeito solidário, querendo praticar uma boa ação. Mas falava como os pais e mães da gente, na infância. Não faça isto, não faça aquilo. Tudo fazia mal: andar na chuva, tomar leite com manga, olhar no espelho depois do almoço, tomar banho e sair na rua (entortava a boca), comer pepino e ir dormir. O motorista simpático era um homem de seus trinta anos, bem vestido, gravata. O paletó dobrado com cuidado sobre o banco.

— Não vou entrar!

— Entra! Não pode ficar na chuva.

Engraçado o condicionamento em que a gente vive. Não se pode tomar chuva. Nem querendo.

— Não quero entrar, entende? É uma decisão.

— Prefere ficar molhado?

— Prefiro.

— Molhado do jeito que está, não te incomoda?

— Nem um pouco, está uma delícia. Já tomou chuva assim, de tarde?

— Nunca.

— Nem uma vez?

— Não sou louco!

— Nunca teve vontade?

— Bem... tive.

— Venha experimentar. Olha, a água correndo, fazendo cócegas nos pés, acariciando as pernas. Estou quentinho por dentro. Parece que estou flutuando.

— Deve ser bom.

— Bom? É ótimo.

— Sua cara é feliz, você está mesmo contente por estar aí. É, acho que tem razão! Me molhar numa chuva destas. Até que seria um programa.

— É a liberdade, meu caro!

— Seria engraçado chegar pingando feito um pinto no escritório. Iam ficar assustados, me internar.

— Então, por que não vem?

— Não posso.

— Claro que pode. Encoste o carro, abra a porta e tome chuva.

— Não é fácil assim.

— Não é nada difícil. O que te segura?

— Já imaginou? Não dá. Posso querer, estou querendo, mas é impossível.

— Depende de você.

— Depende de muita coisa.

— Venha. Não quer vir?

— Quero, mas não posso.

— Falta coragem?

— Tenho coragem, o problema é outro.

— Qual é?

— Preciso voltar ao escritório, tenho uma reunião às cinco. Um mundo de gente depende de mim.

— Chega molhado.

— E perco os clientes?

— Os clientes valem menos que a chuva.

— Mas um dia tomo chuva.

E se foi. Seco e infeliz. Tenho certeza que naquela tarde um homem levemente inquieto, amargurado, presidiu uma importante reunião. Pensando talvez que seria melhor estar na chuva, os pés metidos na enxurrada, encharcando os mocassins italianos. Quanto a mim, continuei pela chuva afora, tranquilo, livre e independente. E isso me custou apenas um ato de coragem. Me custou pouco, na verdade. Por alguns instantes, bastou dizer não a tudo o que é estabelecido.

E quando te sequestrarem?

A mulher recebeu o telefonema:

— Temos aqui o seu marido.

— Tem? Quem tem?

— Acabamos de sequestrá-lo.

Ela tremeu, os ouvidos zumbiram.

— Sequestraram meu marido?

— A senhora é burra? Não entende português?

— Entendi.

— Vai pagar?

— Pagar?

Ela, assombrada, não atinava com a situação, a conversa parecia irreal. Um sonho. Filme? A voz do outro lado trouxe-a de volta.

— Pagar. Quanto vale o seu marido?

— Quanto vale?

— Se a senhora ficar repetindo, vamos levar horas. E tenho de desligar rápido. Um sequestrador precisa agir rápido. Quanto vale?

— Para mim, muito.

— Quanto?

— Nunca medi em dinheiro.

— Quanto vocês têm no banco?

— No banco?

— Parece tonta, mulher. Se continuar assim, nunca mais vai ver o seu marido.

Foi então que ela realizou que não sabia quanto tinham no banco. Deixava tudo por conta dele, era quem controlava as contas, trazia para casa o dinheiro necessário. Eles pensavam em conta conjunta, talão de cheques para ela. No entanto, tinham pavor dessas coisas, ouviam falar de cheques roubados e da trabalheira que dava. De cheques cujas quantias eram apagadas e preenchidas de novo. Ele tinha proposto um cartão de crédito. Mas ouviram falar de cartões clonados ou roubados, de sequestros relâmpagos à beira dos caixas eletrônicos. Não! O melhor era dinheiro vivo. A desconfiança impregnou a todos, faz parte do dia a dia.

Ela não se arriscava, não saía de casa. Ia, no máximo, até a quitanda da esquina, o supermercado, o cabeleireiro, a pracinha com a feirinha, a padaria, a farmácia. Ainda que a maioria praticasse o *delivery*. Para não perder freguesia, tudo é entregue em casa. Até a manicure atendia em domicílio. Ainda que isso criasse outra suspeita: Quem chega será o entregador ou o ladrão? Como saber se o bandido não está por trás do entregador? Ela saía sem bolsa. Levava o dinheiro todo enrolado nas mãos, ou escondido no sapato. Já levara uma vez na liga da meia, mas tinha sido um problema na hora de tirar, tivera de ir a um canto.

Não! Não se pode mais sair. A casa é o lugar seguro, com os cachorros, os alarmes, trancas em cada porta. Uma dificuldade a cada saída, cada entrada. Uma chave gira para a esquerda, outra para a direita. Se bem que o marido, precavido, mandou fazer uma chave de cada cor. A vermelha e a azul giram para a direita, as outras giram para a esquerda. No entanto, às vezes, apavorados com alguém que presumiam estar a segui-los, girassem errado todas as chaves, e quase morriam do coração diante da porta travada.

Se bem que tinham concluído: melhor morrer de ataque de coração, morrer de medo, do que levar tiro, facada. Estão atirando por qualquer motivo, nos cruzamentos, entradas das casas, postos de gasolina, bares. Só não atiram nas penitenciárias. Bandidos podem chegar de helicóptero e partir com prisioneiros, chegam a estender tapetes vermelhos. Lá no Rio de Janeiro os traficantes não controlam a ida ao piscinão? Eles mandam e desmandam. A cada dia, notícias assim foram se congelando dentro deles, tornando-os mortos-vivos. Há alguma coisa estranha no mundo. Seria o novo milênio? Em que ponto tudo se modificou sem que eles tivessem sabido como e por quê? Teriam chegado ao futuro? Uma noite, o marido disse uma frase interessante: "Futuro, minha querida? E o presente? A gente ainda não viveu o presente. Ele nunca existiu".

— Ei, minha senhora? Está aí? Quer ou não seu marido?

A voz estava irritada.

— Claro que quero!

— Quanto vai pagar?

— Eu é que faço o preço?

— Preço, não! Valor do resgate.

— Quanto o senhor quer?

— Trinta mil.

— Não temos.

— Dou um dia para arranjar.

— Como?

— Esse problema é de vocês. Vou desligar.

— Não, meu querido, não desligue ainda. Como me saí?

— Não foi bem, não! Indecisa, fraca. Sem argumentos.

— Estava com medo.

— Temos de ensaiar mais.

— Este foi apenas o segundo. Tentaremos de novo.

— Quando?

— Ora, sequestradores não marcam datas e horários. Espere e melhore, está muito ansiosa.

Ensaiavam. Marido e mulher faziam um teatro. Se um dia ele fosse sequestrado, como ela agiria? Ou o contrário. Ninguém mais está imune. Como negociar? Exige treino, tática, frieza, prática, sutileza, esperteza. Como faria para conseguir o dinheiro do resgate? Parentes, amigos, vizinhos, subscrição popular, fazer lista, sorteio? Ir ao banco, pedir empréstimo?

Com as dificuldades que os bancos colocam? Aprisionar-se em um agiota? Chamar a polícia? Confiar nela? Ninguém é louco! Contratar um investigador particular? Ir ao governador? Chamá-lo em casa? Ele virá ou atende apenas a pessoas importantes? Um dia, na quitanda, ela soube. Outros, muitos outros, ensaiam, planejam, tentam se prevenir, mesmo conhecendo as impossibilidades. Na verdade, cada um de nós pensa nesse momento, sabe que pode acontecer, assim como a morte é uma certeza. Mas se a morte é impossível contornar, os sequestros poderiam ser adiados, ou evitados, se existisse um governo menos preocupado com eleição e economia ou uma estrutura que nos desse segurança. E nos permitisse desfrutar o presente e sonhar com o futuro a ser vivido.

Multidões no Dia de Finados

Visões de multidões no Dia de Finados. Foram duas. Estava a caminho do cinema para assistir o filme de Stephen Frears, *A grande família*, quando me vi no meio de um congestionamento. Estacionamos longe e seguimos a pé, penetramos num ajuntamento, fui rompendo o bloqueio e dei com uma corda de isolamento. PMs por todos os lados. Distração demais ou desligamento? Pois eu estava na Augusta, diante do hotel em que Madonna se hospedava. Precisava atravessar a rua e não conseguia convencer o PM de que não era fã de Madonna (até que sou; ela é obstinada, divertida, gozadora). Aleguei minha idade, meus cabelos brancos, só que o PM não se convenceu. "Aí no meio está assim de velho, tem até esclerosado", rebateu. Tive de dar uma bruta volta, no meio de jovens histéricos, *drags*, garotos musculosos que se exibiam de sunguinhas (imagine se Madonna ia enxergar, lá de cima!), velhinhas de camisetas. Uma bela fauna, bastante alegre. Acho mesmo que nem estavam a fim de ver a estrela, queriam é o carnaval. Riam, cantavam, dançavam, desfilavam. Quando teriam outro palco? E a televisão presente, e os fotógrafos de jornais? Cinco minutos de fama para todos.

Então vi. Aquela velha, toda de preto, olhar triste. Circulando calada, com o pequeno cartaz: "Vendo 1 ingresso para o *show* da Madonna". Ninguém prestava atenção. Ela tinha tudo, menos o ar de quem iria ao Morumbi. Por que teria comprado? Mistérios. Não me contive. Por que a senhora está vendendo o ingresso? E ela: "Meu filho comprou! E ele morreu ontem num desastre de moto". Uma lágrima desceu pelo rosto: "Se ao menos eu tivesse visto a moça na janela do hotel, teria visto pelo meu menino". Comprei o ingresso, claro. Entrei no cinema, engoli o filme de Frears (não é dos melhores dele) e saí. A multidão tinha engrossado. Observei mais um pouco e dei com a velha de preto, ainda com o cartaz na mão: "Vendo 1 ingresso..." Pedi a Márcia, minha mulher, que indagasse. Ela ouviu a mesma história. Só o acidente mudou, o menino morreu no trem de subúrbio. Não descobri se era uma cambista ou uma vigarista com ingresso falso. Mas a turma é rápida na contravenção! Seremos um dia todos desonestos para sobreviver? Ou uma, duas, três, vinte CPIs nos mostrarão caminhos inversos?

A outra multidão era menos alegre. Porém, não soturna, como já foi. A dos visitantes de cemitérios no dia dos mortos. Hoje, o ritual não é lúgubre como na minha infância. A cidade parecia entristecer. Não havia sessão de cinema, não se tocava música na praça, as pessoas saíam de casa para o cemitério, não se repicavam sinos. O povo comparecia todo ao São Bento. Em Araraquara, bastava dizer São Bento para saber. Quando se perguntava de algum fulano que não se vê há tempos, vem a resposta: "Repousa no São Bento". A meninada detestava Finados. Tínhamos de colocar roupa boa, calçar sapatos, não podíamos jogar bola. Os homens, de terno e gravata. Andava-se cautelosamente, os passos poderiam perturbar os mortos. Quer dizer que são mortos-vivos?, perguntávamos, aterrorizados pela perspectiva de morrer, sermos enterrados e ficarmos naquele buraco estreito, ouvindo tudo, sem poder sair. Não havia respostas. Crianças viviam num mundo nebuloso de leis e dogmas a serem aceitos, nunca contestados ou questionados.

Terça-feira, fiquei olhando os visitantes de cemitérios. Festival de cores e modelitos. Saias justas, minissaias, *shorts*, bermudas, *fuseaux*, vestidos leves estampados, coletinhos sobre a pele nua, batons nos lábios, tatuagens. Um ar de festa. Murmúrios excitados, muita paquera, gente assobiando. Uma senhora quarentona, bonita, cantava junto a um túmulo. Seria uma viúva, amante, namorada, diante do amado? Seria aquela a canção favorita do morto? Mistério dos Finados. Que segredos se escondem entre as tumbas?

Algumas coisas permanecem iguais. Em certos cemitérios, no portão, há bancas vendendo melancias. Jamais dissociei, desde a infância, este dia e a melancia. Ao sairmos do São Bento, meu pai comprava uma, vermelha, fresca e suculenta. Aqui, em São Paulo, o ritual se repete. E também todos levam flores e velas. Mas como o comércio local é exploratório, a maioria chega com flores na mão e, como este ano as naturais andam caras, prevaleceram as de plástico. Porque não soltam pétalas, não têm cheiro e duram mais.

A vida é coisa boa

Lívia, quatro anos, acordou com o olho coçando. A mãe, Alzeni, dormia e Lívia coçou, coçou. Quanto mais coçava, mais parecia coçar, o olho começou a arder. A mãe acordou, a menina chorava, incomodada. Não enxergava nada, estava tudo preto. Assustou-se e a mãe mais ainda. Era cedo, mas Alzeni, preocupada, decidiu levar a filha ao posto de saúde de Taboão da Serra, onde mora. Aprontaram-se e saíram. Cedo ainda, o sol ia nascer, era hora de pegar o ônibus para o trabalho. Quando não consegue sair antes de seis da manhã, a viagem — porque se trata de uma viagem — promete ser demorada, com o trânsito pesado, congestionado. Do posto, Alzeni telefonaria para a patroa, era mais do que justificado, afinal, Lívia continuava coçando e a pálpebra inchava. Quase em pânico, mas calma por fora, para não assustar a menina, ela entrou na fila, esperou três horas, e finalmente chegou a uma atendente que a desiludiu:

— Hoje não dá mais para falar com o médico.

— Mas, olhe o olho da menina!

— O médico é quem vai olhar, para encaminhar ao oculista.

Queria dizer oftalmologista. Alzeni se via diante de um dilema. Alguma coisa grave estava se passando com os olhos da filha e o oftalmologista não ia atender.

— O que faço, moça?

— Espere! Fazer o quê? Volte dia 7, o médico examina e dá uma guia para o oculista.

— Dia 7? Mas estamos no dia primeiro! E se for grave? Complicar?

— Não posso fazer nada. No dia 7, você recebe a guia para ir até o Jardim Helena e ali vê se tem vaga para a consulta.

Um enorme desconforto tomou conta de Alzeni. Lívia continuava coçando, apesar de a mãe tentar segurar a mão dela. Tem coisa pior do que coceira no olho? Ela levou a filha para o Taboão e veio trabalhar, porque é na minha casa que trabalha. Sempre alto-astral, sorridente, naquele dia estava com deprê. Perguntamos, ela contou. Como vista é coisa séria, não dá para brincar, ligamos para nosso oftalmologista, o Fernando Crosta, aquele mesmo que esteve disposto a atender Pedro, o sem-teto e sem-óculos. Fernando providenciou o encaixe para o dia seguinte, primeira hora.

Lívia, num vestido branco, resplandecente, parecendo que ia a um *show* da Sandy. A mãe não ficava atrás, orgulhosíssima. Chegaram, viram revistas, olharam os quadros e entraram.

Fernando tem um jeito especial para examinar crianças que não sabem ler. Faz uma brincadeira, outra, vai extraindo informações. Lívia se divertiu com o consultório escuro, com o foco de luz projetando letras, com a luz azul do aparelho de medir a pressão, enfim, adorou a parafernália. Na hora do colírio para dilatar a pupila, a menina fez uma careta, mas suportou. Minutos depois, foi preciso colocar no outro olho. Então, ela protestou: "Vai ficar pingando isso o dia inteiro?" Não chorou. "Foi a primeira", disse a enfermeira. Crosta continuou com paciência e brincadeiras, até terminar o exame. Nada havia de grave. Era uma forte irritação, seguida de uma alergia pelo muito coçar. Um colírio e uma pomada e algum esforço de Lívia para coçar o mínimo possível. Vã esperança tratando-se de uma criança. Nem nós, adultos, resistimos a uma coçadinha!

Meio da tarde, decidimos levar Alzeni e a filha até o Largo de Pinheiros, onde ela tomaria o ônibus para o Taboão.

Horário de trabalho, tínhamos de voltar, tanto Márcia quanto eu. No caminho, Lívia perguntou:

— Aonde estamos indo, agora?

— Para casa!

— E o médico?

— Acabamos de sair dele.

— Aquele moço bonzinho era o médico?

O médico não tinha sido médico, para ela. Tinha sido apenas o lugar para alguns brinquedos, com um sujeito mais velho comandando a farra. Nos entreolhamos. Alzeni, rápida, entendeu e explicou:

— É que médico, para nós, do subúrbio, quer dizer sair cedo e ficar um tempão, de pé, na fila cheia de gente brigando pelo lugar. Ficar amontoada, morrendo de fome e de sede, com vontade de ir ao banheiro e vendo chegar gente doente, molambenta, estropiada, rotos e esfarrapados. Ficar olhando pessoas abandonadas, espalhadas pelo chão, gemendo e chorando. Vendo gente desmaiar. Não tendo onde descansar, não sabendo se vai fazer a consulta, enfrentando o mau humor e a gozação dos atendentes, falando com gente que nem examina nem olha, passa receita sem dizer o que a gente tem. Para nós, isso é ir ao posto, ver o médico! Por isso, a minha filha não ter entendido que era o médico. Para nós, ir ao médico é sofrer mais do que se sofre com a doença! Para nós, ser bem atendida é a última esperança. Uma esperança que sempre morre! E nós, o que fazemos? Vivemos. Não sabemos como, mas vivemos! A vida é coisa boa!

O resto da viagem até o Largo de Pinheiros foi em completo silêncio.

Professor de geografia cata latas pelas ruas

Pareceu-me um sujeito organizado. Assim que saí na calçada, ele se aproximou. Afastei-me, desconfiado. Movimento natural do paulistano, quando um desconhecido se aproxima. Principalmente um homem mal-ajambrado, sujo, sapatos cambaios, um pé diferente do outro. Estamos aumentando as distâncias entre nós e os outros.

— Não tenha medo, doutor! Não sou ladrão! Sou um trabalhador informal!

Nos cruzamentos, quando estamos no carro, quem se aproxima levanta a camiseta até a altura do peito, para mostrar que não é ladrão, não está armado. Aquele "sou um trabalhador informal" não era frase de vagabundo, denotava conhecimento. Ou ele teria ouvido? Tem gente de rua dizendo coisas incríveis.

— Sou catador de latas e estou cadastrando fornecedores.

Gostei. O sujeito me pareceu organizado. Tinha os dentes bons, quem sabe tivesse comprado uma das dentaduras às quais o presidente FHC se referiu um dia.

— O senhor compra bebidas em lata ou garrafa?

— Latas, não é? O mundo me obriga a comprar em latas. A gente consome e joga fora o vasilhame.

— Melhor para vocês, melhor para nós. Não existe mais espaço para vasilhame. Quanto a nós, é um meio de vida. Desde que se trabalhe muito.

Não era um despreparado, conversava com fluência, examinava a situação com clareza. Acrescentei algum tom à conversa.

— Já se foi o tempo em que era preciso levar o vasilhame e trocá-lo. Uma chatice! Algumas garrafas de cerveja tinham a boca diferente, só podíamos trocá-las por aquela marca. Garrafa de guaraná por garrafa de guaraná, Coca-Cola por Coca-Cola, Crush, Grapete, Caracu, Niger.

— O senhor lembra de Grapete? Quem bebe Grapete repete. E a Niger? Forte, encorpada, a gente sentia-se revigorado. Não se acha mais Niger nos bares. Saiu de linha. Tudo sai de linha, hoje.

— Deve ser a concorrência, os monopólios! Cada restaurante tem o seu fornecedor exclusivo. Me dá vontade de levantar quando peço um guaraná e só tem determinada marca. Uma ofensa. Ditadura.

— Olha, se eu pudesse entrar num restaurante, aceitaria a cerveja que me pusessem na mesa.

Senti vergonha, minha ficha caiu. Voltei ao real. O homem conversava tranquilamente, com noção das coisas. Lição elementar, clicherizada. As ruas estão cheias de gente interessante, empurradas para ela pelo FHC, sua ânsia de reeleição e obsessão pelo real. A moeda, não a realidade.

— O senhor sempre catou latas?

— Imagine? Fui professor. Geografia do Brasil.

— E agora...

— Desculpe, o senhor está com pressa!

Desviou o assunto, rápido, visivelmente envergonhado.

— Só queria que se comprometesse comigo. Guardasse as latas de sua casa, deixasse na garagem em meu nome. Ariovaldo. Ainda não tenho, mas prometo fornecer o saco plástico. Combinei com o zelador, ele é da minha terra, Corumbataí.

— Forneço o saco! Não vá ter esse gasto!

— As coisas andam difíceis, a concorrência enorme. Saio de madrugada e já encontro lixo aberto, devassado. Tem catadores violentos, tomam conta dos pontos. Nem posso me aproximar dos hotéis, já tem conchavo! Máfia. Meu sonho era ter a "concessão" para um hotel. Os catadores saem com carrinhos, vão de peruas. Os miúdos batem perna, de porta em porta, bar em bar, boteco em boteco. Tem dono de bar que, agora, quer vender. Pede dois centavos por dez latas. Ainda assim, saio ganhando oito, mas sou eu que me esfalfo o dia inteiro.

— Às vezes, vejo um bando com uma carrocinha.

— São famílias. Gente da mesma favela, do mesmo cortiço, do mesmo baixo de viaduto. As pessoas se organizam, meu senhor. Meu sonho é conseguir um carrinho de supermercado. Um, dois, três. Quem sabe monto uma frota, um dia?

— E onde o senhor guarda os pacotes? Não dá para arrastar tudo pelas ruas.

— Tem gente boa que me abre o quintal, um canto do jardim. Só não posso deixar por muito tempo. De um dia para o outro. Porque tem dia que é o da recolha. De alguns, ganho um café. Outros me cobram pedágio.

— Pedágio? Cobram para guardar um saco de latas vazias?

— Tem gente que é assim, doutor! Faz parte. A gente vai catando lata e conhecendo o mundo, vendo quanto se bebe, o que se bebe. Quanta lata estrangeira, tem umas que nem sabemos do que é.

Apanhou um papel, o número de meu prédio, o meu nome, admirou-se: "Leonel Lula? Como os políticos?" Por precaução, cautela, caldo de galinha, segundo os hábitos paulistanos, omiti minha identidade. Ainda que envergonhado.

Ajeitando os cabelos na Avenida Paulista

Na Avenida Paulista, num daqueles canteiros de paralelepípedos, a velha procurava um lugar num arbusto, para prender o espelhinho. Não havia como, o espelho, desses redondos, de bolso, não possuía um gancho ou argola que pudesse fixá-lo em um galho.

— O senhor pode segurar para mim? Preciso ajeitar o cabelo.

A primeira vontade foi dizer: estou com pressa. Na verdade, tinha alguma, apesar de ser oito horas. Estava a caminho do Banco Real para juntar-me ao júri que selecionava os contos do concurso da terceira idade. Gente do Brasil inteiro, com mais de sessenta anos, tinha enviado contos, disputando um prêmio de quinze mil reais para o primeiro lugar. Quer dizer, por meses, duas mil e quatrocentas pessoas sonharam. Alimentar sonhos nesta idade é uma coisa encantadora. E se eu estava numa iniciativa que envolvia a terceira idade, porque recusava o pedido simples de uma velha, moradora de rua?

O pedido dela envolvia um sonho: ela queria se fazer bonita. Na avenida mais movimentada da cidade (um milhão de pessoas por dia), logo de manhã, ela preparava a toalete. Acaso não estavam bem-arrumadas as secretárias, recepcionistas, caixas de bancos, funcionárias de escritórios e consulados, que

circulam por ali? Ou as executivas que descem dos carros e entram nos bancos e instituições financeiras?

— Cinco minutos. Sou rápida. Sempre fui rápida com meu cabelo.

Estavam escorridos, molhados. Limpos.

— Acabou de lavar?

— Faz dez minutos.

— Onde lava?

— Pensa que é em algum salão?

Riu. Tinha humor. O rosto enrugado era dominado por uma alegria tranquila, os olhos tinham vigor, não eram murchos, depressivos.

— Por que não?

— Sabe quanto os salões cobram?

— Alguém podia te fazer um favor, antes que o salão abrisse.

— Pode ser. Mas eu teria vergonha de entrar no salão com estas roupas. Sabe quantos anos tem este vestido?

— Não tenho a mínima.

— Vinte anos. Quer dizer moda dos anos 80.

Espantei. Era curioso ouvi-la falando assim, com tanta lucidez. Tinha informação. Era mesmo um vestido anos 80.

— Os anos 80 estão de volta.

— Para quê? Eu me pergunto para quê?

Ela passava o pente de madeira com leveza e cuidado pelos cabelos. Puxava fio a fio, olhava, desembaraçava. Tinha agora um aspecto juvenil. Esqueceu-me por momentos, ocupada apenas com os cabelos. Pretos, pretos. Será que ela tingia? Não podia perguntar, seria grosseria.

— Se eu tivesse uma escova...

Havia uma certa frustração. Como tratar dos cabelos apenas com um pente de madeira?

— Tenho também pressa. Daqui a pouco começa o movimento.

— Movimento?

— Da avenida. Passa muita gente. Quero estar pronta logo. O senhor ainda tem um minuto?

— Quantos precisar.

O banco que esperasse. Os colegas de júri, a Ana Miranda, o Antonio Dimas, o Deonísio da Silva, a Flávia Sala, já deviam estar discutindo textos e notas, mergulhados nas histórias que vieram de Minas, Pernambuco, Maranhão, Rio Grande do Sul etc. Ah, quando eu contasse que estivera a segurar o espelho de uma velha moradora de rua! A mulher terminou. Tinha feito um birote muito bem-feitinho.

— Ficou bem?

— Está linda! O cabelo preto combina com a blusa verde. E se a gente fizesse uma coisa? Comprasse um espelho maior, pente, escova, xampu, perfume?

— Onde?

— Tem tanto camelô na avenida.

— Olha o que eles vendem. Uma tristeza.

Verdade. Ninguém ali se preocupa com a beleza. Os camelôs da Paulista têm capas para celulares, agendas eletrônicas, calculadoras, canetas, capas para CD, bilhetes para metrô... Nada de batons, espelho, rímel, hidratantes, cremes, como os camelôs do centro ou da Ladeira General Carneiro. Avenida Paulista é Avenida Paulista.

No trânsito, a ciranda das crianças

Estão sempre na esquina da Avenida Brasil com a Rua Colômbia. Duas meninas e dois meninos, num dia. No outro, três meninas, dois meninos. Parecem se alternar. Irão para outros pontos? Mas três crianças são fixas, donas do lugar. Conquistaram por usucapião. Dominam o território. Como e quem faz esta divisão? Por que não aparecem outras? Chegam cedo e só vão embora quando o tráfego diminui, depois das oito da noite. Cada uma carrega sua caixinha de Mentex, de chicletes, de bombom. Ainda que seja a região propícia ao luxuoso chocolate Godiva, se vende bem o Sonho de Valsa, dos mais gostosos. Faça sol ou chuva, as crianças estão ali, alertas, correndo da avenida para a rua, da rua para a avenida, ao sabor dos sinais de trânsito. Num canto da Imi, a loja de decorações, ficam duas mulheres. Talvez as mães ou quem quer que sejam. Não arredam pé do lugar, não se levantam nunca. Ficam apenas fiscalizando, atentas ao movimento das crianças. Passam o dia sentadas. Nunca sentem vontade de ir ao banheiro? E quando necessitam, como fazem? As empresas por aqui certamente não as deixam entrar. Há uns arbustos perto da Rua México. Seria ali que deságuam? De vez em quando, as duas tomam sorvetes. Ou um Yakult ocasional, quando passam aquelas mulheres puxando um carrinho branco.

As crianças possuem, entre elas, um *gentlemen's agreement.* Quando o sinal vermelho acende, elas correm, distribuindo as tarefas.

— O BMW é seu!

— O Mercedes fica comigo!

— Corra para o Alfa!

Conhecem todas as marcas de "carrões". As crianças executam uma ciranda em meio aos carros, correndo agarradas às caixinhas. Os que se aproximam, dentro dos veículos, mantêm os vidros fechados. Defesa paulistana. O vidro erguido isola o motorista do mundo.

As crianças rodeiam, olham para dentro, como esfomeados olham alguém comendo num restaurante. Há quem faça um aceno com a cabeça, sempre negativo. Outros abanam as mãos. Há os impacientes, os irritados. Terceiros continuam a conversar com os parceiros ao lado. O mundo no interior dos carros é uma bolha, cápsula espacial. As pessoas estão na estratosfera. Nada têm a ver com o que se passa fora. Todos fazem questão de não olhar, não ouvir. Como se estas crianças fossem invisíveis ou transparentes. Os olhares as atravessam, sem que elas se materializem, se corporifiquem, se tornem humanas.

Parecem não se cansar nunca. Sempre sorridentes. Brincam entre si. O *não* constante não as desilude, nem tira o ânimo. Sabem, desde cedo, que o *não* faz parte da vida delas, permanece grudado na pele. Conhecem mais o *não* que o sim. Correm de um lado para o outro. Os que estão nos "carrões" são os que nunca compram. Quem chega em carros "inferiores", em vulgares Fuscas, Gols, Voyages, Unos, em geral abre o vidro, dá uma palavra. Muitas vezes, as crianças querem apenas conversar com alguém diferente. Enfiam a cabeça dentro da janela, com olhos excitados. Sempre pedem alguma coisa, para não perder o hábito: "Tia, me dá aquele batom? Tio, me dá essa caneta!" E querem a revista, o jornal, o chaveiro que ficou no console, até mesmo os folhetos recebidos na esquina anterior.

Às vezes, chove. E o abrigo é original, ainda que não proteja muito. As crianças procuram se enfiar nos vãos das letras gigantescas que formam a palavra Imi. Letras de concreto, verdes. Há uma ligação entre o I e o M. O M abriga em suas curvas duas crianças. Claro que há proteção no caso da chuva ser vertical. Se tem vento ou a chuva vem inclinada, elas se molham. Também não se importam. Existe coisa melhor, quando a gente é criança, que brincar na chuva? Ainda que estas crianças, de oito ou nove anos, mirradas, sejam adultas no que possuem de experiência, vivência. Amadurecem cedo. Olhamos e não sabemos. Quanto tempo terão de vida pela frente? Que caminhos existem diante delas?

Onde moram? Foram à escola algum dia? Faço mentalmente estas perguntas. Por que não faço direto para elas em lugar de ficar imaginando? É que sabemos as respostas. Neste Brasil sabemos todas as respostas sobre miséria, fome, subvidas. Por isso não perguntamos. As crianças desta esquina se reproduzem em centenas de outras esquinas desta cidade. Deste Brasil. Mas houve um dia em que elas estiveram especialmente excitadas. E felizes. Foi na manhã em que o cortejo levando Senna ao cemitério passou aqui. As crianças, contentíssimas, venderam, como nunca, suas balas, chocolates, Mentex, bombons. As coisas se esvaziaram. Tristeza de uns, meio de vida e alegria de outros.

Alguém nesta cidade conhece este homem?

O homem deitou de barriga, rastejou meio metro e se enfiou por baixo do viaduto, entrando por um buraco mínimo que parecia mal caber um gato. Desapareceu velozmente, como um animal assustado, bicho acuado. Chegamos à beira do buraco, entre o concreto e o chão, uma passagem estreita que dava para um oco. Não se via nada dentro, tudo escuro, gritamos por ele, nenhuma resposta. Afastamo-nos e ficamos à espera. Minutos mais tarde, ele colocou a cabeça para fora. A visão era das mais estranhas. Era como se a cabeça tivesse sido plantada na grama. Como aquelas pessoas que, na praia, se enterram na areia. Era um homem magro, moreno, barbudo, com o nariz adunco, sujo de terra, de tanto rastejar para dentro e para fora. Ficou a nos olhar, e nós para ele. Então, lentamente saiu e se sentou, na mesma posição em que o tínhamos descoberto: um dos joelhos erguido para servir de apoio a uma folha de papel minúscula e suja, na qual ele escrevia com a carga de uma Bic azul.

Escrevia, escrevia e nos olhava. O *cameraman* começou a gravar e o homem foi se acostumando com a nossa presença. Esboçou um sorriso. Estávamos ao lado do Viaduto Ary Torres — que sai da Marginal Pinheiros, atravessa o rio em frente da subestação da Eletropaulo e dá passagem para a Avenida Luís Carlos Berrini. Ali estava eu com a equipe alemã que faz o documentário sobre a cidade, do ponto de vista dos escritores.

Assim, a caminho da Berrini, vimos aquele homem sentado — era sábado, o movimento pouco — escrevendo. E como o título da reportagem (fizeram em muitas cidades deste mundo) é *Lugares mágicos da escritura*, aquela imagem nos bateu. Um pária, imundo, descabelado, sentado na grama, ao sol, num final de tarde, escrevendo concentrado. Atrás dele, passavam pessoas fazendo *jogging*, grupos em bicicletas, casais de namorados. Um fotógrafo amador aproveitou o tema, ganhou a tarde. Eu me aproximei do homem. Perguntei o que escrevia:

— Um anúncio.

— Para quê?

— Pedindo emprego.

— Anúncio para jornal?

— Claro que não. Como vou pagar? Faço este anúncio e distribuo na ponte, para alguém me ajudar.

— Que emprego você quer?

— Sou oficial de pedreiro. Trabalhava numa construtora, me mandaram embora. Agora, depois do acidente na Cabo Verde, tem um monte de gente me seguindo. Tem um cara que vai aonde eu vou, está sempre por perto.

— Mas ele te ameaça? O que quer? Tem ideia?

— Se não quiser me bater, então é viado.

— E esse acidente? O que foi?

— Um acidente, não sabe? Aquele da Cabo Verde.

Insisti, ele não esclareceu, repetia a mesma coisa. Mexeu no bolso da calça ensebada e tirou um maço de papéis. Havia uma carteira de trabalho. Fotos dele, 3x4. Uma identidade, Antonio Rodrigues dos Santos, 43 anos. Na carteira, o registro do último emprego, Construtora Gouvea Franco. Não me respondeu quando perguntei sobre família, mulher, filhos, onde nasceu. Ele tinha o olhar fundo e vazio. Nem havia tristeza, era um vácuo enorme: o nada refletido. Ele me estendeu o papel.

— Posso te dar uma ajuda? Um dinheiro para você comer hoje, beber alguma coisa?

— Não. Só quero um trampo. Um trampo qualquer.

Expliquei ao diretor do programa, Jurgen, que entende razoavelmente bem o espanhol e o português, o que era trampo. Trabalho. Bico.

Insisti no dinheiro, para confirmar, Antonio recusou. "Me arranje trabalho, para eu sair daqui." Com o papel na mão, nos afastamos. A algumas quadras dali, comecei a ler. A princípio, achei que não entendia os garranchos, demorei um pouco a me acostumar. As letras de forma eram coladas uma às outras, uma linha grudada na de baixo. O anúncio redigido por ele está comigo. Diz: *1980. Foi nho eeitarn meexe cunc voeiç foi baxinho no meonu oroârea hinadini note.*

E assim até o final da página. Que código será este? O que terá ele tentado escrever? Criou uma linguagem sua, de homem das cavernas 1994? Há muitas famílias vivendo "debaixo da pedra", como definiu a favelada do Brás. Este, vive numa toca. Há outras, debaixo dos viadutos na Ricardo Ja-

fet. Ou naquele em que a Doutor Arnaldo sobrevoa a Sumaré. Há um mistério sobre este homem. E o acidente? Afetou sua cabeça? E aquele que vive a segui-lo? Existe ou é invenção de sua mente corroída pela fome, pela necessidade? Em seu ombro, havia um hematoma, ele contou também que põe sangue pelo nariz. Alguém nesta cidade conhece Antonio Rodrigues dos Santos?

O risco da meia da moça

Cedo ainda, pai e filha entraram na lanchonete deserta. O homem escolheu a mesa no canto, junto à janela. Magro, óculos de lentes espessas, parecia cansado. Indagou da menina:

— O que você quer?

— Chocolate.

— E para comer?

— Pão de queijo. E o senhor?

— Acho que nada.

Enquanto ela comia com lentidão, o pai olhava atento, como que preocupado. Havia um breve brilho de alegria nos olhos dele, talvez contentamento por estar com ela. No entanto, não parecia muito à vontade. A manhã de maio era límpida, fresca.

— O que é vaidoso, pai?

— Onde você ouviu isso?

— A professora disse para um menino que ele fazia muita pose na classe, que era vaidoso. É coisa ruim?

— Depende.

— O que é depende?

O homem não respondeu. Seu olhar se tornou pensativo. Como explicar, em poucas palavras, ou em palavras simples, o significado de depende?

— É coisa boa, pai?

— Pode ser.

— Ou é ruim?

— Pode ser. Às vezes, uma pessoa quer brincar com a outra, carinhosamente, e diz: você é vaidoso. Ou então, faz ironia, para cutucar o outro, mexer. Se a pessoa é muito cheia de si, é vaidosa, não vai gostar.

— Pai, o que é ironia? E uma pessoa cheia de si?

O homem novamente não respondeu. No entanto, parecia contente com a curiosidade da filha. Ela tomou mais um pouco do chocolate, fazendo barulho com a boca.

— Não faça isso, é feio. Coisa de gente mal-educada.

— Sou bem-educada?

— Ao menos, tenho tentado.

Ele viu que o pão de queijo tinha sido devorado. Talvez a menina quisesse outro. Virou-se um pouco, tirou umas moedas do bolso, contou.

— Quer outro pão de queijo?

— Posso?

— Por que não?

— Outro dia, na padaria, comi um pão na chapa e você não comeu nada. Estava sem dinheiro. Você tem dinheiro, pai?

— Pode comer outro. Sossegada.

Desta vez, ele pediu um pão de queijo com recheio, ela mordeu, o requeijão escorreu. Ela riu, os dois riram.

— Surpresa, pai! Que delícia! Quer provar?

Os olhos dele indicavam que sim, ele disse não.

— Quando chove, a água não leva a cor das flores?

— O quê?

— Quem pinta o céu de azul?

— É o azul do ar.

— Por que o vidro é transparente?

— Vamos fazer uma lista das coisas que você quer saber e no sábado nos sentamos no Ibirapuera e resolvemos tudo.

A menina não prestou atenção, estava olhando uma mulher que tinha entrado, morena, muito bonita.

— Viu a meia dela, pai?

— Não. O que tem?

— É moderna, tem um risco no meio, atrás. Você me compra uma?

— No seu aniversário.

— Vou ficar maravilhosa como aquela mulher?

— Vai.

— Por que não olha para ela, pai?

— Já olhei. Uma mulher dessas é um sonho, filha.

— Sonhos não acontecem?

— Depende da gente.

— Depende... o que é depende?

O pão de queijo se acabava, ela queria desfrutar ao máximo. Ao terminar, ficou olhando pela janela. O salão de festas da lanchonete estava bem à frente, todo colorido.

— O que é aquilo?

— Para festas de aniversário.

— Vamos fazer a minha ali?

— O seu aniversário demora.

— Mas vamos fazer?

Ele pareceu indeciso entre dizer não e desiludir e dizer sim, ela esperar e ele não poder cumprir.

— Depende...

— Depende, quer dizer coisa ruim, não é?

— Vou tentar tudo. Agora, vamos embora.

Eles se levantaram, o homem começou a apanhar a bandeja.

— O que está fazendo pai?

— Limpando a mesa, é costume.

— Eles não têm empregados?

O homem não soube responder. Apanhou tudo e levou ao lixo, em cuja tampa estava escrito obrigado. A menina deu a mão ao homem, caminharam para a saída. Na calçada, ela se voltou para ele:

— Não sabemos muita coisa, não é pai? Ou o senhor não gosta de responder perguntas?

— Um dia saberemos.

— Saberemos? E se a mulher olhasse para você, pai?

O homem não respondeu, mas sabia que carregaria dentro dele, quem sabe para sempre, o belo rosto da mulher, já que não tinha visto o risco da meia.

A foto, a borboleta e Idalina

Fui tirar foto para a nova cédula de identidade. Além da fotografia atual exibir o fantasma do que fui, já que o meu RG tem mais de vinte anos, a assinatura desapareceu. Certa vez, a cédula molhou, as duas faces descolaram, remendei (quanto tempo não usava esta palavra interiorana) com cola Pritt, aquele bastãozinho que parece batom. No estúdio, a garota de dezesseis anos mandou-me sentar, olhar para uma objetiva e apertou o *mouse*. Antigamente, penteava-se os cabelos, o fotógrafo emprestava um paletó e uma gravata ensebada, ajeitava nosso rosto, acendia as luzes. Agora, vire-se sozinho. Nem precisa de luzes. Fui olhar o resultado daqueles dez segundos numa tela de computador. Não sou vaidoso, mas era lamentável. Minto, sou vaidoso. Olhei para a imagem que seria reproduzida dez vezes, já que o estúdio não faz meia dúzia de fotos, como era costume. Pensei: Se uma está ruim, imagine isso vezes dez. Esperando um retorno simpático, que atenuasse minha carência, comentei com a jovem do estúdio:

— Puxa! A gente vai envelhecendo, vai se acabando, vai ficando feio, o rosto vai caindo!

Esperava que ela me desmentisse, me reconfortasse. Não, a frase moderna, segundo a tendência é: me fizesse recuperar a autoestima. A garota me olhou.

— É! O senhor tem toda a razão! É duro, não?

Voltei para a *Vogue* abatido, meus passos pesavam. Um engraxate que está sempre pela esquina da Rua Estados Unidos perguntou:

— Vai graxa, doutor?

Ou nos chamam de doutor ou de tio. Olhei para meus sapatos, pensei. Para quê? Nem sei quanto tempo ainda vou durar. Estou acabado. Continuei. Na esquina da Rua Colômbia com a Brasil, a vendedora de balas se aproximou. Eu a conheço de criança, há anos faz esse ponto. Era menininha, agora é uma jovem bonita, dentes claros. Será que vai se casar, ter filhos, continuar aqui, vai trazer seus filhos?

— Hoje, vai comprar de mim, não vai?

— Não sei...

— Compre, é meu aniversário.

Comprei dose dupla. Seis caixas de Mentex por dez reais. Ela saiu contente, eu também. Tão fácil! Passou um sujeito alto, carregando o rádio no ombro, ligado no volume máximo. Ainda ouvi uma frase da Turma do Casseta & Planeta: "O Taleban é uma região conturbada e com turbante". O dono do rádio não riu, pareceu nem ter entendido nem devia saber o que é Taleban.

Entrei em minha sala, Serginho Ribas, editor-assistente, que se senta à minha frente advertiu:

— Cuidado!

Assustei-me. Fiquei paralisado.

— Olhe no seu computador!

Na lateral, estava pousada uma pequena borboleta de asas pretas com leves manchas amarelas. Tranquila, agitava as asas, quem sabe para firmar-se. Sentei-me com cuidado, olhando. Era um quadro muito bonito naquela tarde de sol. A borboleta entrara pela janela aberta, vinda do jardim. Deixara as árvores, as flores, viera se refugiar na tecnologia. Ela abandonou meu computador, passou para o do Serginho. Alguém comentou: borboletas avisam que está vindo dinheiro para um dos dois! Meu deus! É nisso que se pensa? Dinheiro? Ninguém contempla a poesia de uma borboleta pousada sobre um monitor? Agora, ela tinha vindo para o meu *mouse*, enquanto o monitor exibia um texto sobre Charlotte Rampling, fotografada com exclusividade por *Vogue* no Copacabana Palace. A doce e diáfana Rampling, ídolo *cult* dos anos 60, 70, por filmes como *Os deuses malditos* e *O porteiro da noite*. Sensualidade terna, de um momento de transição. Olhei o relógio do computador: 4h44. Bem, era muita coincidência ou um aviso: quatro é a borboleta no jogo do bicho. Não custava tentar. Somos assim: Poesia e dinheiro. Coisas necessárias. Se eu fosse poeta, tentaria um *haicai*: borboleta sobre o rato. Deleta-se o tempo. Quem vai entender, se não souber desse episódio? Rato=*mouse*. Não. Seria coisa hermética, de concretista retardatário. Na outra mesa, Sérgio Ribas, uma das pessoas mais sensíveis com quem já trabalhei, estava imobilizado:

— Não se mova! Deixe a borboleta aí, o tempo que ela quiser!

Deixamos. Ela se foi apenas quando achou que éramos pessoas monótonas, não batíamos asas, não tínhamos nenhuma cor além desse pálido branco paulistano de nossas peles.

Na manhã seguinte, fui ao Departamento de Identificação na Rua Cásper Líbero para fazer o novo RG. Estava preocupado. A velha assinatura, perdida há um ano, ainda não tinha "voltado". Um dia, tive de assinar tantos papéis que me neurotizei. De repente, não conseguia mais fazer a minha assinatura. Enfim, quando Idalina me estendeu o papel para assinar, respirei fundo e murmurei: "Calma, pense bem, treine mentalmente". Ela me olhou, sorriu: "Não se apresse! Você tem todo o tempo do mundo". Gente, eu tinha pela frente alguém que desmentia a imagem do funcionário público irritado, tratando displicentemente as pessoas. Talvez seja um estereótipo, um chavão. Essa mulher afável, atenciosa, exibia um rosto tranquilo, voz suave, olhos ternos. Soube que se chamava Idalina, porque Samuel, meu despachante, a chamou assim. Idalina. Nome de uma parente minha em Araraquara. Nunca mais encontrei outra pessoa com esse nome. A Idalina de Araraquara também era suave. O dicionário, depois, me mostrou. Idalina: diminutivo de Idália. Vem de Monte Idálion, onde havia um templo e um bosque consagrados a Vênus. Há quem traduza o nome por sol flamejante. A presença de Idalina me acalmou, assinei, dei com a velha assinatura restaurada. Ela sorriu. Manchou meus dedos para as digitais. Viu minha data de nascimento, me olhou: "Não parece a idade que tem. Nossa!" Verdade ou gentileza, não importa. Saí feliz, caminhando entre dezenas de camelôs que vendem vídeos, DVDs pornôs, CDs, revistas e todo briqueabraque possível no mundo. Procurando um bicheiro para jogar na borboleta.

O pastel recolhido do lixo

Estranhas sensações que o cotidiano oferece. Tudo me parece absurdo. No começo da tarde, passei pela Rua Colômbia, catei pitangas na árvore na esquina da Rua Honduras, atrás do Clube Paulistano. Precisei de um esforço, estão altas. Quantos conhecem essa pitangueira? Outro dia, ofereci a um desconhecido que passava, ele me olhou surpreso. Recusou, com medo de ser envenenado. Eu estava contente. Um desses dias em que estamos de bem com o mundo, sem razão, apenas porque estamos. Passei pela livraria e dei com a biografia de Sara e Gerard Murphy (*Eram todos tão jovens*, de Amanda Vail), ícones da "geração perdida" americana. Milionários, elegantes, nos anos 20, no verão, comandavam a vida no Côte d'Azur, quando conviviam com Zelda e Scott Fitzgerald, Hemingway e sua mulher Hadley (ainda que Pauline, a próxima esposa de Ernest, estivesse na parada, era a paixão secreta do escritor). No círculo dos Murphys (eu os descobri por meio do Thomaz Souto Correa), célebres pela frase que se tornou clichê, "Viver bem é a melhor vingança", circulava gente brilhante: Cole Porter, Dorothy Parker, Robert Benchley, Picasso, Cocteau, Léger, Stravinsky e John Dos Passos, um de meus autores favoritos. Ele foi um de meus referenciais. Tentei (pretensiosamente) com meu romance *Bebel que a cidade comeu*, fazer algo que se assemelhasse a *Manhattan Transfer*, o livro caleidoscópico de Dos Passos sobre a Nova York dos anos 20/30. Ainda bem que sempre tive pretensões!

Eu tinha saído da livraria com esse mundo mítico e desaparecido povoando a minha mente, porque ficara filando algumas páginas. Não compro livro sem filar e sem cheirar. São coisas essenciais. Quem compra livros conhece os dois prazeres. Subi a Rua Augusta, bafejado pela sua decadência, repassando as butiques que se foram, as casas de chás que desapareceram, as esquecidas mulheres bonitas e perfumadas que ali transitavam à tarde, em tempos dourados. Onde eram lojas (chamavam-se butiques), hoje são estacionamentos, bancos, restaurantes a quilo, espaços vazios, empoeirados, painel de um comércio que vai falindo.

Pensava em mulheres de vestidos longos e esvoaçantes como Sara Murphy, ou Zelda Fitzgerald com uma peônia nos cabelos, quando parei diante da barraca de caldo de cana, na feira da Rua Barão de Capanema. Um garotinho se aproximou:

— Vai tomar tudo, tio?

— Pode ser. Por quê?

— Me dá o resto?

Envergonhado, pedi um caldo para ele. Do grande. Tomou de um gole só, estava calor. Encostei-me na barraca de pastel, a que fica diante do restaurante La Risoteria. Já fui a esse restaurante, me serviram a entrada dentro de um aquário em que um peixinho vermelho nadava. Achei de um mau gosto incrível, desisti. Pedi o pastel e me vi empurrado por um barbudo, esfarrapado, que tentava chegar ao lixo. Apanhou o cesto, revirou, encontrou metade de um pastel. Tinham comido só o recheio, jogado a massa. Feliz, o sem-teto se apropriou do tesouro, revirou mais, não encontrou nada, foi para um canto, comeu vorazmente.

Olhei para uma jovem que esperava o pastel, comentei: "Está ficando difícil, com tanta miséria". E ela: "O que tenho com isso? A gente não tem sossego. Mal chego aqui, vêm uns dez pedir: paga um pastel, paga um caldo de cana! Nem dá gosto comer, devia ter polícia baixando o pau".

Meu constrangimento aumentou. Meu pastel perdeu o sabor. Tudo o que passei a ver em torno da barraca foram os mendigos, contemplando, comendo com os olhos, esperando, vigiando os lixos. Corriam quando alguém atirava um pedacinho de massa, mínimo que fosse. O que eu podia fazer? Gritar para que viessem, eu ia pagar pastéis para todo mundo? Como aquele caubói que atira a moeda no balcão do bar e comunica: "*On the house*"? Liberar geral. Seria engraçado. Os mendigos, os sem-teto, a meninada, as mulheres com crianças no colo, gente suja, barbuda, malcheirosa, todo o lúmpen que percorre a feira se atirando aos pastéis. De carne, queijo, palmito, frango, especial, de pizza. E o pasteleiro fritando, fritando, fritando feito louco, enchendo o ar com cheiros engordurados que grudam nas roupas e cabelos. Cena de filme do Buñuel.

Nada fiz. Nem terminei meu pastel. Fiquei sem ideia de que atitude tomar. Estamos vivendo tempos estranhos. Lastimando (é natural, trata-se de gente, seres humanos) os mortos do Afeganistão. Mas deixando em torno de nós, em São Paulo, pessoas a catar e comer pedaços sujos de pastel recolhidos do lixo ou pedindo o resto da garapa que vai sobrar no copo. Uma coisa é ler que as pessoas estão comendo lixo. Outra é ver, na nossa frente, o festival de miséria que cresce e deixou a periferia, atinge a todos, nos cerca, envolve, machuca e, principalmente, envergonha, pela nossa passividade.

O homem que engraxava orelhões

Ele chegou, depositou a caixa de madeira na calçada. Olhou em torno.

Abriu a caixa, retirou uma flanela, dois panos e uma bisnaga plástica.

Os panos eram sacos de farinha, desses vendidos nos cruzamentos, para transformarmos em panos de prato, panos de chão.

Ou panos para lavar automóvel no sábado, um ritual paulistano.

Ele passou a flanela, lentamente, para retirar a poeira.

Não tinha pressa, mostrava-se concentrado.

A flanela ressurgia escura, da fumaça que tudo impregna.

Ele apanhou um dos panos e umedeceu, passou com muito cuidado pelas curvas, como se estivesse acariciando o corpo de sua mulher.

Passou uma, duas vezes, invertendo os lados do pano.

Quando percebeu que o pano voltou branco do esfrega-esfrega, deu-se por satisfeito.

Deu uma volta completa em torno do objeto, avaliando. Deve ter encontrado uma poeirinha, resquício, porque passou a manga do próprio jaleco, retirou o que viu. Perfeccionista!

Abriu outra vez a caixa, apanhou uma lata, retirou a tampa.

Dentro havia cera incolor e uma pequena esponja.

O cheiro da cera era forte, lembrando tempos em que as pessoas enceravam casas, usando escovão ou enceradeira e os soalhos brilhavam.

Atividade doméstica, corriqueira, realizada no fim de semana, quando também se lavavam calçadas.

Embebeu a esponja na cera e passou suavemente sobre o objeto. Como se estivesse fazendo limpeza de pele na mulher amada.

Não se incomodou com a minha presença, ao contrário, parecia satisfeito, executando sua *performance*.

Ele era o ator, eu o espectador único, fascinado.

Jamais tinha presenciado coisa igual, uma atividade insólita.

Esta cidade está cheia de profissões singulares que surpreendem e encantam.

Variadas maneiras de sobreviver, defender a vida. Persistir.

Algumas formas são criativas, como os *jongleurs* que, nos cruzamentos, fazem malabarismos com bolas ou tochas de fogo, depois passam o chapéu.

No entanto, todos mantêm os vidros cerrados, encerrados em miniprisões que se locomovem, nos conduzindo de casas cheias de grades para empregos cheios de pressões.

Passada a cera, o que demandou certo tempo, o homem descansou um pouco.

Ou talvez a cera exigisse breve espera, para agir com eficácia. Nosso homem abriu outra vez a caixa, tirou o que se assemelhava a um cachecol de lã, comprido.

Jogou o cachecol (digamos cachecol) por cima do objeto, apanhou a ponta do outro lado.

Fez com a perícia de quem está acostumado, conhece o ofício.

Começou lentamente a polir a tampa de plástico liso e amarelo.

Fazia com maestria, de tal maneira que nenhum centímetro (digamos milímetros) escapava ao polimento.

Como se engraxasse um sapato gigante.

Alternava lentidão com fúria, consciente do ritmo a se imprimir.

Com a bisnaga aspergiu água sobre a tampa polida, que agora brilhava ao sol matutino.

Como se benzesse o próprio trabalho.

Não pareceu satisfeito.

Afastou-se, rodeou o objeto, passou o cachecol aqui e ali, tirando manchas invisíveis aos olhos normais (os nossos), não aos dele.

Entrou sob a concha e tirou o pó. Limpou o telefone, olhou o bocal.

Teria deixado tudo branco imaculado, não fosse o aparelho preto.

Fiquei feliz ao ver uma pessoa que trabalhava com seriedade, um profissional.

Coisa rara hoje, todo mundo "mata o serviço".

Ele poderia dar uma passada rápida de pano e ir embora, deixar o orelhão ali.

Imagine se tem fiscal verificando? Bom seria se tivesse, teríamos duas vagas preenchidas.

Os engraxates dos orelhões da Telefônica e os fiscais dos engraxates de orelhão.

Esta cidade me surpreende a cada momento e cada vez que penso ir embora, dou com uma pessoa assim, fico.

Um engraxate de orelhão que prepara o clima para que a gente entre debaixo de uma concha plastificada, amarela, brilhante.

E fale sentindo a limpeza, conforto.

O engraxate guardava suas coisas.

Fui ao orelhão, coloquei meu cartão (não uso celular) e fingi discar para alguém.

Ele me olhou, eu disse "obrigado, ficou bonito".

Ele sorriu, gratificado.

"Quando está limpo, bonito, as pessoas não quebram, não acha?"

O menino que comia grama

A mulher, com a criança no colo, pedia esmola diante da Igreja Nossa Senhora do Brasil. Imaginem! Em pleno Jardim América, reduto elitista. Ali onde os chiques se casam, batizam filhos e os influentes mandam celebrar suas missas de Sétimo Dia ou de Ação de Graças. Em dois minutos, um homem com o colete de segurança se aproximou. Para ir à igreja, os favorecidos necessitam de segurança. Não bastam os anjos da guarda, de uma indústria tão em moda, existe até o tarô do anjo da guarda. Se o anjo da guarda da pedinte se omitiu, quando o segurança com truculência começou a enxotá-la, a mulher resolveu por ela mesma. Encarou o brutamontes:

— Por que está fazendo isso? Por que não me deixa pedir? Você não é dono da rua, ninguém é dono da rua. Você não é nem autoridade. Você não é polícia, não é soldado. Nem do governo. Tudo o que tem é esse corpão e esse colete preto. Vai, vai! empurra, me toca para ninguém me ver. Bate em mim, bate no meu filho! Bate que é o que você sabe fazer.

O segurança ficou indeciso, não esperava a reação, deve estar acostumado a reprimir e, diante de seu físico, ver as pessoas recuarem. A mulher continuou:

— Sabe o que é viver na rua? Dormir no chão? Morrer de frio? Eu queria que tivesse visto meu filho comer grama. Grama, essa aí da ilha no meio da rua. Você nunca comeu grama na sua vida. Tem dia que meu filho come grama. Como uma cabra, vaca, cavalo. Um bicho. Bicho é que come grama. Eu olhava meu filho e pensava que ele era bicho, porque estava comendo grama. Eu chorava, mas quem ligava? O menino se arrastava, nem sabe andar e comia folhas. Os carros passavam e sabe o que as pessoas faziam? Sacudiam a cabeça para um lado e para o outro. Acho que estavam dizendo não, não, não. Mas alguém estendeu a mão, me deu uma moeda para comprar um pão? Ninguém. Então, acha que tenho medo de você? Tenho nada! Quem viu o filho comer grama não tem medo de nada. Pode vir!

Fiz uma síntese, porque, na indignação, a mulher fazia as palavras jorrarem, atropeladas. Porém, o português dela era correto. O segurança, indiferente, expulsou-a de perto da igreja, ela se foi. Tentei conversar, ela me fuzilou com o olhar.

— E você? O que quer? Vem me encher o saco também? Conversar? Quero lá saber de conversa? Sai, sai! O meu consolo é que um dia meu filho vai ser bandido, porque outra coisa ele não vai ser mesmo. E sabe o que vamos fazer? E eu vou ajudar. Vamos obrigar vocês a comer grama, vamos levar todo mundo para um pasto e obrigar a comer capim, ao lado dos burros. Esperem só, esperem!

Ela se afastou, resmungando, olhando os jardins das mansões desse bairro tão planejado, protegido. Que um dia se julgou imune. E curiosamente me ficou na cabeça uma expressão da mulher: "Tudo o que você tem é esse corpão e esse colete preto". A cidade está tomada pelos coletes pretos, com a palavra segurança em amarelo. Quem distribui esses coletes? Eles não deveriam ser controlados? Até flanelinhas os usam, indiscriminadamente. O colete parece conferir poder a alguns indivíduos. E eles mandam e desmandam.

Noite dessa, indo para Perdizes, entrei na Rua Caiubi. Perto da igreja dos dominicanos, o trânsito estava congestionado. Não andava. Pessoas saíam do carro para ver o que se passava. Eram dois "seguranças" controlando o tráfego. Seguravam tudo, até que os motoristas bonitinhos fizessem suas manobras. Uma mulher não conseguia dar ré no carro. Pensam que o homem deixou o tráfego fluir? Que nada, segurou tudo, durante dez minutos, sob buzinaço infernal, até que ela se foi. E aí vieram os dois, de janela em janela, ameaçando: "Outra vez que perturbarem a gente, vão ver o que é bom". Para quem trabalham esses homens na Rua Caiubi? São autônomos ou contratados pela PUC?

Falando em trânsito, veículos e outras, existe na confluência da Avenida Brasil com a Gabriel Monteiro da Silva uma simpática pracinha, totalmente sombreada com uma grama rala, mas bonita, e algumas flores amarelas. De vez em quando refúgio de sem-teto que se amontoam pelos cantos. Mas, de tempos para cá, o gramado e a sombra se tornaram estacionamento. Terça-feira à tarde e parte da noite o local esteve repleto de carros. Um marronzinho anotava placas. Espero que tenha multado. Vi também um guarda da CET[1] observando. Curioso é que os carros passaram a estacionar ali depois que foi aberta uma firma de convênio médico junto ao terreno. Firma que promete servir sorrindo. Também, com o carro na sombra e sobre o gramado, até eu!

---

1 *CET*: Sigla da Companhia de Engenharia de Tráfego. Atualmente, a fiscalização e organização do trânsito não é mais feita por guardas, e sim pelos *marronzinhos*, funcionários da CET que vestem um uniforme marrom. (N. E.)

Sabores guardados

Um Natal que se encheu de luz

O Natal começava em novembro, com os preparativos para a montagem dos presépios. Não havia família que não tivesse um, por mais pobre que fosse. Era, naquela Araraquara dos anos 40, símbolo necessário para um bom católico. E oitenta por cento da população se dizia católica.

Claro, o presépio pobre era rústico, com as imagens principais: Nossa Senhora e São José ajoelhados, a manjedoura com o Menino Jesus, os reis magos e uma estrela. À medida que o poder aquisitivo crescia, a figura aumentava: pastores, ovelhas, bois e vacas, burros, minicasas de vários tipos, árvores, grutas, tudo de cerâmica, porcelana ou gesso.

Quem idealizava as imagens fazia segundo sua cultura e imaginação. As casas tanto pareciam do interior brasileiro, como da província francesa. Nada que remotamente lembrasse a Judeia. E o que era a Judeia? Cada um, ao montar o presépio, incluía tigres, onças, macacos, bonequinhas de louça ou celuloide, o que estivesse à mão ou viesse à cabeça. O importante era apresentar uma cena movimentada. Os mais favorecidos tinham uma manjedoura vazia, onde era acrescentado o Menino Jesus na noite de Natal. Durante semanas, Nossa Senhora e São José ficavam ajoelhados diante do nada, não sei como não se cansavam.

Na Igreja de Santa Cruz, as imagens do presépio eram imensas, ao menos para nós crianças. Acho que existem até hoje. Na Matriz de São Bento eram menores. O da Santa Casa era rico e variado. Nunca mais entrei ali, não sei se a tradição vem sendo mantida.

Na minha rua, o dentista Carvalho, pai de minha professora primária, Lourdes, fazia sucesso. Na sua Belém havia riacho, cachoeiras, pequenos lagos, uma roda d'água, moinhos e peças que se movimentavam. Ele usava o motor que acionava a broca de dentista para fazer as figuras se moverem. Era fascinante, juntava gente na esquina da Rua Oito.

Eu sabia que meu pai estava preparando o presépio, quando ele começava a recortar as laterais das latas de óleo Maria para plantar arroz. Juntava-se latas durante meses. Em cada uma havia terra e sementes de arroz, regadas diariamente. Outro momento mágico: quando as pequenas mudas começavam a nascer, crescer. O verde tenro, depois firmava. Estas latas com mudas formavam a vegetação do presépio. Dias antes da montagem sobre a prancha de zinco especialmente preparada, saíamos pela periferia, indo colher musgo no mato perto do rio. Este musgo era depositado sobre uma camada de serragem misturada com terra e formava o "solo" da Judeia. Tinha de ser retirado com muito cuidado de seu hábitat, numa operação delicadíssima. Era um tênue tapete verde natural.

A serragem vinha da serraria do Negrini, enorme, barracões debaixo de mangueiras. Todo mundo ia ali apanhar serragem para os presépios. Um mundo encantado a serraria, com as toras sendo serradas dia e noite, as serras de fita assobiando e o cheiro penetrante de madeira violentada. Os marceneiros cuidavam para que os moleques não se aproximassem da serra, podia cortar a mão de um menino desavisado. Éramos todos desavisados. A serra penetrava na madeira como faca quente em manteiga, um deslumbramento.

Até hoje sinto o cheiro dos presépios, vindo da mistura da serragem, musgo, terra molhada e galhos de cedrinho que faziam a parte de árvores, bosques. Era uma arte simples em que todos se empenhavam, cada um procurava criar melhor que o outro.

Havia, nas casas ricas, árvores de Natal, com suas luzes, penduricalhos brilhantes e fitas. Corria que a árvore era coisa de protestantes que não acreditavam em Menino Jesus. Depois de uma certa época, fomos proibidos de acreditar em Papai Noel, era outro símbolo protestante. Os presentes, diziam todos, principalmente as catequistas, eram trazidos pelo Menino Jesus. Mas preferíamos o Papai Noel, com seu trenó, suas renas, sua incompreensível roupa vermelha brilhante.

Mas um ano, eu com meu irmão Luís e meus primos Zé, Toni, Ito, Cecília decidimos fazer a nossa árvore de Natal. O pinheirinho foi fácil. Os penduricalhos forjamos com o papel alumínio de cigarros e com bolinhas de gude, tampinhas de cervejas e refrigerantes, molas cromadas conseguidas na oficina mecânica do Braz Pirolla e do Tolói (tio do Dudu, o ex-meio-campista do Palmeiras).

E as luzes? Os pais não iam deixar fazer uma extensão, puxar força. Então, tivemos uma ideia. E por noites e noites nos dedicamos a uma caçada insólita. Até conseguirmos as nossas luzes. Naquela noite, a árvore se acendeu e foi um delírio. Tínhamos aprisionado centenas de vaga-lumes. Colocamos em vidros vazios de remédios, da farmácia do Bertoldi, e penduramos. O quintal se encheu de luz.

A mágica da luz

Pelas quatro da tarde, do dia 1º de janeiro, chegava o mulato grego com a vassoura de piaçava e tentava dar um jeito no largo. Varria, catava pedras, latas, pauzinhos de sorvete, galhos de árvores, bosta de cavalo, de cabrito, de homem, vidros quebrados. O Largo do São José era o centro de nossos divertimentos em Araraquara.

Alguns circos se instalavam ali, os parques vinham direto, havia quermesses, fogueiras de São João, jogos de futebol. Cada coisa em seu tempo, eram épocas precisas, como se fossem ciclos. Eu ficava à espera do mulato grego, ele trazia mágica especial. Ficava olhando a sua atividade, ansioso pelo que viria à noite.

O mulato tirava tudo, com o carrinho de mão, amontoava num canto, deixava o largo brilhando. Pelas cinco da tarde, passava pela casa do Pedro fiscal e pegava meia dúzia de cadeiras, colocava no meio do largo. Para pessoas especiais como a gente que trabalhava na prefeitura, o dono do armazém, as beatas. Então, ia embora e deixava o Pinto, cachorro vira-lata que gostava de lamber picolé.

O Pinto vigiava e ninguém podia sentar nas cadeiras, nem chegar perto. Nem sujar o largo. O mulato grego voltava às sete da noite e, sendo janeiro, ainda era dia claro. Ele cavava dois buracos e plantava duas varas de bambu. Aqueles buracos eram um drama, quando a gente ia jogar futebol, neles se torcia o pé, por isso a gente tinha raiva da sessão de cinema. Mas amava também, era demais. O mulato esticava um lençol encardido entre as duas varas. Depois, media quarenta passos e marcava no chão o lugar onde ia colocar a máquina.

As pessoas chegavam ao escurecer, iam se ajeitando, muita gente só vinha depois da novela do rádio. Quando estava bem escuro — as lâmpadas dos postes em volta do largo tinham sido desatarrachadas, uma coisa que meu irmão Luís, ajudado pelo Zinho, filho do Marcondes da Força e Luz, fazia — o Pedro fiscal ajudava a colocar o enorme rolo na máquina, enquanto o mulato grego ia para o fundo com dois baldes de água. Molhava o lençol todinho. "Por que precisa molhar?", perguntei ao mulato e ele respondeu igual aos nossos pais que nunca respondiam nada para criança: "Porque precisa". Vai ver, eu pensava, como a luz é muito quente, essas pessoinhas que saem da máquina, por dentro da luz, ficam com muito calor, e precisam entrar na tela fresca.

Muitas vezes eu ia para trás do lençol, para assistir ao filme ao contrário, ficava com a sensação que estava sozinho e que participava daqueles lugares como Bagdá, a floresta do Bambi, a mina dos sete anões. Implicava com os sete anões. Se eram ricos, trabalhavam com diamantes, por que mantinham Branca de Neve como uma escrava, lavando, passando, cozinhando? Mais tarde, eu aprenderia que outros anões meteriam a mão no dinheiro do país, saindo impunes. Eu sofria com Lassie, andava no tapete voador. Viajava. Aquele lençol molhado me fazia viajar. E os terapeutas vão adorar saber que, muitas noites, eu tinha sonhos incríveis, coloridos e cheios de aventuras e ao acordar me sentia molhado, levava uma bronca de minha mãe: "Com esse tamanho e fazendo xixi na cama".

Um dia, o mulato grego, depois que o ajudei a varrer o largo, me deixou olhar aquelas fitas que estavam no rolo e até me deu uma lupa — que coisa mais incrível uma lupa, se eu tivesse uma ia ficar olhando as formigas no chão. Meu pai nunca teve ideia de como eu quis uma lupa quando era criança.

Coisa cara, só via na vitrine da loja. Com a lupa, contemplei aquela gente toda espremidinha e imóvel dentro de um quadradinho. Era mágica mesmo, como se fosse a garrafa que prendia o gênio do Aladim. "Como eles não fogem do quadradinho?", perguntei ao mulato. "E se um dia saírem voando da tela, forem embora?". Ele me contemplou, sorriu, fez pose de quem sabe tudo, conhece a gente com quem lida e me respondeu pura poesia, mesmo sem saber que era: "Eles não fogem, porque só vivem na luz. Sem luz, esta gentinha minha não é nada. Se eles saem da tela e fogem para o escuro, desaparecem. Dissolvem, como bolha de sabão. É a luz que alimenta todos eles. A luz que dá vida, menino!"

O raro besouro que abre portas

Encontrei o menino e o besouro em um fim de tarde pós-chuva de verão, descendo a Rua Harmonia, na Vila Madalena. As árvores estavam molhadas, pingos caíam das folhas e dos paralelepípedos vinha o cheiro forte de terra úmida e quente. O menino estava abaixado junto à sarjeta, cutucando com um pauzinho um objeto preto. De tal modo concentrado que não me viu parar junto dele. De repente, o objeto preto se moveu, curvei-me, coloquei os óculos e vi um besouro grande, deitado de costas e mexendo as pernas.

Um besouro negro acompanhou a minha infância. Ele estava encerrado em uma caixa de madeira, na oficina de meu avô José, em Araraquara. A caixa tinha sido feita especialmente para o besouro. Meu avô era um marceneiro de mão cheia, habilidoso. Certa vez, minhas tias não se lembravam quando, ele capturou um gigantesco besouro negro que possuía um chifre torto. Era temível, mesmo morto. Frequentava nossos pesadelos, principalmente quando tia Margarida, mulher que tinha o pé torto, mas imaginação retíssima, repleta de mil histórias, contava dos besouros do Egito e da maldição dos escaravelhos. Não podíamos tocá-lo, eles viviam de comer cocô embaixo da terra.

Às vezes, o avô apanhava a caixa e abria, exibindo o besouro. Podíamos, longe das vistas das tias severas, tocá-lo.

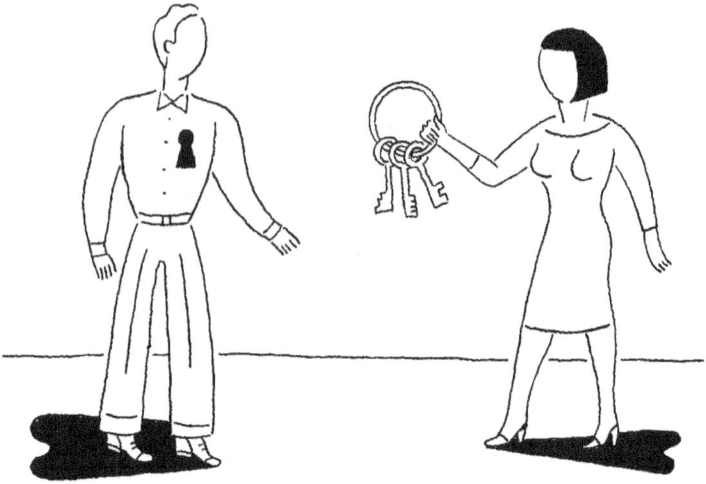

Jamais ousamos. Havia um respeito enorme por aquele bicho imóvel, estranho, de carapaça dura. Quantas vezes, no entanto, não desejamos que ele revivesse, como afirmava tia Margarida ser possível, e apanhasse um de nossos desafetos, levando-o até o Egito ou para debaixo da terra para comer cocô.

— O senhor tem aí uma caixa de fósforos para eu guardar o bicho?

O menino tinha a voz fanhosa e me tirou da infância. Por que vou lá, de vez em quando?

— Não tenho, não fumo!

— Pode comprar uma ali no bar, esvaziar e me dar!

Esse vai longe, pensei. Decide, põe os outros a trabalhar, impõe o desejo. Moderno, atualizado, nem pede por favor. Por que não? Obedecemos a tanta gente ruim, o que me custava atender um garoto que tinha alguma coisa em mente com um besouro encontrado após a chuva. Além de tudo, numa tarde límpida daquelas, para que regressar ao trabalho? Comprei a caixa, esvaziei no balcão. Dei os palitos ao dono do bar, ele não entendeu, mas aceitou. Deixei que tivesse assunto para pensar e comentar.

— O que vai fazer? — perguntei ao menino.

— Guardar. Para abrir fechaduras.

— Abrir fechaduras?

— Olha! Aqui nas costas dele!

Inclinei-me e vi, primeiro, que o besouro não era negro e sim verde escuro. E na carapaça havia um pequeno sinal, como se fosse o buraco de uma fechadura.

— Parece uma fechadura.

— E é. É um besouro-cadeado.

— E você conhece besouros?

— Sei que esse é o cadeado. Sabe para que serve?

— Para trancar portas.

Ele me olhou, surpreso. Achou que se encontrava diante de um conhecedor de besouros. Se estava jogando comigo, eu jogaria também com ele. Mas não se deu por vencido.

— Este é do tipo que abre portas, armários, malas. Abre tudo.

— Como?

— Basta colocar em cima do buraco da fechadura. Pronto!

— Quer vender?

— Ah! Esse nunca mais sai da minha mão! Vou cuidar, alimentar, ver se ele tem filhotes.

— Se tiver filhotes, compro um. Aqui está meu cartão, você me telefona. Pago o que quiser.

— O senhor é ladrão?

— Não. Nem penso nisso. Sou apenas uma pessoa que tem sido muito roubada, roubada demais...

E mais não disse. Teria de explicar coisas como o governo incompetente que esvazia meus bolsos com impostos absurdos, taxas, e não me dá nada em troca. Coisas que ele vai aprender com a vida. Preferi estender o cartão de visitas que tinha recebido pouco antes do editor Alexandre Dórea, a quem visitei em busca de um trabalho *free lance*, mas esses tempos andam difíceis.

E Alexandre qualquer dia vai receber o telefonema de um menino comunicando que o besouro-cadeado deu cria. Não vai entender, talvez bata o telefone achando que é um trote. E se não atender vai perder a chance de ter um bicho raro para sua filha Beatriz contemplar — assim como convivi com o besouro de chifres do meu avô José —, que abre porta, armários, malas. Não dei o meu cartão, porque não me interessam besouros que abram portas, ando em busca de um que abra corações.

Presentes de Natal nos tempos de surpresas

Mudou a relação entre Natal e presentes. Um de meus filhos, meses atrás, perguntou: "Posso ter agora o presente?" E assim, de comum acordo, segundo os costumes modernos (dos quais sou adepto, facilitam às vezes, ainda que se perca um pouco em encanto), o presente dele foi dado em outubro. Ficou feliz. O outro espera uma surpresa, como nos tempos antigos. Com a filha foi "negociada" uma viagem nas férias. Assim, evoluem os costumes. Facilita? Facilita. Mas as surpresas morreram. Já se foi a época em que o Natal era esperado com ânsia por causa dos presentes. No meu caso, também por causa das nozes, passas e castanhas cozidas. Ganhava-se presente (ao menos entre nós mais pobres ou remediados) no aniversário e no Natal. Eventualmente, um padrinho ou parente generoso aparecia com alguma coisa fora do tempo e então era uma felicidade sem limites.

Uma vez ganhei um tubo de chocolate, fiquei fora de mim. Tubos de chocolates eram caros, raros, davam água na boca. Aquelas rodelinhas, embrulhadas em papel prateado, eram hóstias, traziam mais do que divindade dentro delas. A cidade começava a ter cara de Natal quando as vitrines do Barbieri eram enfeitadas. Hoje se diz decoradas. Numa delas montava-se o presépio (mais tarde, acrescentou-se um Papai Noel na marquise, não é certeza). Em seguida, os brinquedos apareciam, como por encanto. Nada melhor do que ir para a frente da loja contemplar tudo aquilo que, sabíamos, jamais ganharíamos: bicicletas, automóveis movidos a pedal, lanchas movidas a álcool, minipianos (ainda que piano fosse coisa de menina). Não adiantava escolher, quem decidia era o salário do pai, que, a partir de junho, começava a economizar. Nem se cogitava em 13º, o que havia eram umas gratificações, mas nem sei se para todos, a estrada de ferro era muito escravagista.

Sinal de que o Natal estava chegando eram também os presépios. Os da Santa Casa e da Santa Cruz se rivalizavam em inventividade. O melhor, para mim, era o do pai da Lourdes Prada, minha professora. O dentista Carvalho era criativo, as peças se movimentavam, havia moinhos girando, água correndo, luzes piscando. Árvores de Natal ainda não eram populares. Consideradas ateias. Coisa de protestante, diziam os católicos fanáticos. Para mim, coisa de rico. Ateu também era o Papai Noel. Criança recebia presente do Menino Jesus. Eu argumentava: "Se ele ainda não nasceu, como vai me trazer presente?" As catequistas não se apertavam: "Ao vir ao mundo, com ele virão os reis magos trazendo presentes para todos".

Foi um dos primeiros nós de minha cabeça. Os meninos que podiam acreditar em Papai Noel ganhavam presentes bons e bonitos. Os do Menino Jesus reduziam-se a caminhões, ônibus ou trens de madeira, tudo muito simples. Ah, se pudéssemos imaginar a avalanche de brinquedos que existiria no futuro! Quando tudo ficou mais fácil, ficou também menos excitante. Hoje tudo se tem, tudo se alcança, tudo se compra. Todo dia, toda hora. Tinha razão Paul Valery ao dizer: "O difícil me excita, o fácil me entedia". O que temos agora é uma geração entediada.

Seguindo a tradição, certa vez, levei meu presente, um caminhão de toras e cubos, para a calçada. Brincávamos fora para exibir o que tínhamos ganho. Então, fui chamado para dentro de casa. O chamado de um pai ou mãe era imperativo, tinha de ser obedecido na hora. No segundo grito, corri, esquecendo o brinquedo na rua. Ao voltar, cadê? Além de perder o caminhão, ouvi um sermão e recebi o castigo: brinquedo novo somente no aniversário, seis meses depois, no 31 de julho. Não era maldade, era pobreza. Os outros meninos riram de mim, por muito tempo. O bobão perdeu o caminhão. Naquele Natal fui possuído pela sanha do assalto. Só pensava em roubar um brinquedo, de algum moleque, de uma loja. A parca compensação veio do catecismo. Os alunos ganhavam pontos de acordo com o índice de respostas certas. No fim do ano, a Igreja do Carmo se transformava em bazar, no qual os brinquedos eram trocados pelos pontos. Quem tinha mais, entrava na frente e escolhia os melhores. Meu irmão Luiz, generoso, cedeu parte dos pontos dele, entrei logo, apanhei um trator de lata!

Outra compensação veio quando minha mãe, vendo a minha dor, me reservou parte maior nas castanhas e nozes compradas no Lauand, mercearia deslumbrante. Ganhei também de minha tia Inácia uma porção substancial de passas. E a Sebastiana Gurgel, rainha dos bolos na cidade, boleira de mão cheia, ao saber da história me fez um bolo daqueles de chocolate. Em cada casa de parente recebi uma moeda, um tubo de chocolate, um livro infantil, uma porção de balas, um copo de refresco. Aprendi ali o lugar-comum (aliás, tudo é clichê hoje em dia): a dor é superada e a felicidade pode vir por meio de pequenos gestos de solidariedade. E as vítimas, em lugar de despertarem compaixão, caem no ridículo.

Os pedaços de filmes de Eunice, a lanterninha

Passado o *hall*, havia uma cortina pesada, de veludo verde. E penetrávamos em um *lobby* que ficava na penumbra, uma vez que a pequena lâmpada azulada rebatia a escuridão, a fim de que Eunice pudesse ver quem estava entrando. Aquele cômodo, que cheirava a pó da cortina, cera de piso e desinfetante do banheiro, era uma câmara de despressurização. Ali deixávamos a realidade para trás. Esquecíamos a rua, a cidade, os problemas, o trabalho e, ultrapassando outra cortina, estávamos na sala de projeção. Se a sessão ainda não tinha começado, Eunice não acompanhava as pessoas, cada um podia escolher o lugar que quisesse. Ela estava ali para nos guiar na escuridão com a sua lanterna Eveready, brinde de uma distribuidora de filmes. O foco da lanterna era esmaecido para não irritar os espectadores. Eunice enchia a boca quando dizia: nossos espectadores.

Ela tinha orgulho do Cine Santa Clara. Nome estranho para um cinema, mas o dono tinha recebido uma graça dessa santa e foi a forma de homenageá-la. O Santa Clara era o reino onde Eunice convivia com os maiores atores do cinema. Todos familiares. Sabia o nome de cada um, podia citar os filmes de Clark Gable, Jane Russel, Marlon Brando, Montgomery Clift, Tom Cruise, Sandra Bullock, Terry Moore, Robert Stack, Lana Turner, Eliane Lage, Brigitte Bardot, Leila Diniz,

Malu Mader, Anselmo Duarte, Audrey Hepburn, John Travolta, Olivia Newton John, Bette Davis. Alta, morena, Eunice tinha olhos de Sophia Loren. Ou pensava que tinha, deixávamos pensar. Custava?

Ela não se maquiava, passava uma leve base, depois fazia com muito cuidado o contorno dos olhos, para que ficassem iguais aos de Sofia, já que Sofia era o máximo de mulher que nós, homens do bairro, imaginávamos. Havia quem preferisse Ava Gardner ou Rita Hayworth, mas à medida que os anos passaram e as estrelas foram ficando velhas e se retirando ou morrendo, Eunice percebeu que o tempo se escoava, porque seu rosto exigia mais do que uma base e os contornos dos olhos não conseguiam mais moldar a expressão da Loren.

Também nós envelhecíamos, mas o cinema continuava uma tradição, talvez o último de São Paulo a tentar manter aqueles horários que eram tão cômodos: 14, 16, 18, 20 e 22 horas. Por anos e anos tinha sido assim, a não ser quando algum grande filme, com metragem mais extensa, chegava. Então, estipulavam-se horários disparatados, anunciados nos jornais e em cartazes diante do cinema. Era tão fácil ir ao cinema, sabia-se a hora. Depois tudo confundiu, cada sala inventou um horário e para ver um filme tornou-se necessário consultar cuidadosamente a programação.

Dessa maneira, quando vi, outro dia, que era a última semana do Santa Clara, porque o prédio tinha sido vendido a uma concessionária de carros estrangeiros, desses que, mal comprados, é preciso blindar. Corri, fazia mais de dez anos que não entrava ali. A bilheteria era uma ruína, o vidro do guichê bisotado estava rachado. O *hall* cheirava a mofo, o tapete se mostrava cheio de rasgos. A sessão estava começando, puxei a cortina que tinha sido verde e hoje era marrom, ensebada. Eunice estava ali. Com sua lanterninha. Ela se aproximou para me levar, fiz um gesto. "Espere um pouco", pedi. "Mas, o filme vai começar", acentuou, ansiosa. Continuava a mesma, não gostava que as pessoas perdessem nada do filme, levava cada um rapidamente a uma poltrona. Andava no escuro com a desenvoltura de uma coruja. "Não quero ver o filme, só vim ver se você estava aqui. Quer dizer que o Santa Clara se acaba?" Ela sussurrou que sim, os anos passados naquela antessala tinham amortecido sua voz. "O dono morreu, os filhos estão no negócio de motos e carros, ninguém mais vem. Pelo menos, fechamos sem nunca ter exibido pornografia", exclamou, com altivez. "Graças a Santa Clara, hoje temos uns cem espectadores, assim não fechamos tristemente."

Intrigada, interrogou: "Mas, por que veio me ver?" Ela sentia que alguém se lembrara dela e isso pareceu animá-la. "Não sei: Saudade, foi a lembrança. Você, a vida inteira aqui, entre essas cortinas. Nos protegia quando vínhamos com as namoradas, fingia que não via os amassos. Nunca passou pela sua cabeça ficar ali, dentro da sala, vendo o filme? Via algum inteiro?" Eunice sorriu, quase sem som. Ouvíamos os diálogos em espanhol de um filme de Pedro Almodóvar. "Sabe o que é? Eu me acostumei a ver os filmes de maneira diferente. Nunca na minha vida assisti a um filme todinho, desde o começo. Entrava, pegava uma cena do meio, saía. Entrava, pegava outra cena diferente, saía. E ia guardando na minha cabeça uma frase, um beijo, um tapa, um tiro, um soco, um carro correndo na madrugada, uma mulher tirando a camisola, um homem com o peito de fora, eu gostava muito dos atores que tiravam a camisa. E duas pessoas se abraçando, duas pessoas na cama, uma mulher descendo as escadas, nossa como se desce escada em filmes, um caminhão despencando ladeira abaixo, um bailarino dançando, um ator cantando, uma manada de bois estourando. Eu levava dias para completar um filme em minha cabeça. Levava semanas para montar as cenas que via aos pedaços, como se fosse um videoclipe. Nem sei se os filmes que tenho na cabeça são os verdadeiros, mas amo todos eles, cada pedacinho."

Por um momento, pareceu que eu não estava ali, Eunice falava para ela mesma. "Hoje, os filmes vêm à minha cabeça em pedaços. Gilda cantando *Amado mio*, Fred Astaire cantando *Cheek to cheek*, John Wayne matando índios, Paul Newman andando de bicicleta no Velho Oeste, as metralhadoras de *Os intocáveis* cuspindo fogo, Grace Kelly beijando Frank Sinatra, aquele velho operador ensinando o ofício ao menino, o carteiro levando a carta ao poeta, Tom Cruise e Nicole Kidman nus diante do espelho."

Na sua tela-memória milhares de filmes foram rebobinados. Mas nenhuma imagem de um filme se misturava à de outro. Ela isolava sequências com exatidão. Então, me lembrei dos olhos Sofia Loren, mas era impossível vê-los no escuro. Apanhei a lanterna de Eunice, porém ela advertiu que, há muito, estava queimada. "Carrego por hábito", confessou. "Para ter alguma coisa na mão. Hoje, foi o último dia. Vou levá-la para casa, como fiz todas as noites, há trinta e quatro anos. Minha companheira. Ninguém nunca soube meu nome, só me chamavam de lanterninha ou vaga-lume. Sei, importante era a lanterna. Ela dormia sobre o criado-mudo, depois de eu tirar as pilhas, para que não ficasse muito estressada. Quanta gente ela ajudou a sentar no escuro. Minha vida foi feliz. Acho que pouca gente no mundo viu tantos filmes, ou pedaços de filmes, quanto eu. Cada noite vou sonhar com um, viver dentro de um."

O mistério da cerveja

Domingo era dia de gelo. Mas só se tivesse convidado para o almoço. O ritual do gelo era litúrgico, sabíamos desde a sexta-feira que os amigos do pai viriam. Não que a presença de convidados fosse alterar o cardápio. Ele apenas era reforçado. Haveria filé em vez de coxão mole. Macarronada, bife à milanesa, salada com verduras do quintal. Seguidos por doce de leite ou goiabada com queijo.

Naquele domingo, bem cedo, íamos ao laticínio na carroça do Manolo, o espanhol vendedor de frangos. Quando ele via as barras de gelo sendo trazidas, passava a mão pela boca: "Hoje tem cerveja, hein?" Tinha. Elas repousariam por ora naquele gelo. Geladeira não existia, a não ser na casa de meia dúzia de ricos. Mas quem era rico em Araraquara? O laticínio era o único lugar da cidade que vendia gelo e mesmo assim precisava encomendar uma semana antes. E como a semana demorava para passar. Como se esperava furiosamente por aquele momento de apanhar o gelo da carroça e deixá-lo à sombra da mangueira coberto por jornais. Outubro, calor dos demônios, suávamos, até os cachorros andavam devagar na rua.

Corríamos para a serraria do Negrini, onde dona Encarnação, que nome mais bonito, foi a única Encarnação que encontrei na vida, dizia sim, seus moleques, podem entrar, mas só peguem serragem, nada de levar tabuinhas e pedaços de pau. A serragem seria a cama do gelo. Tudo era deixado por conta das crianças, daí a excitação.

Quando o pai não estava olhando, sentávamos no gelo, para sentir a frieza, depois começávamos a picá-lo com martelo e talhadeiras. Lascas saltavam e eram enfiadas gulosamente na boca, o frio escorria na garganta, fazia arrepiar o estômago. Suávamos à sombra, fascinados com o gelo que brilhava batido pelo sol. Era preciso apressar ou não haveria gelo para a cerveja. Uma camada de serragem, uma de gelo picado. O pai descia com as garrafas de tampas douradas. Elas eram aninhadas carinhosamente no leito que cheirava a madeira. Outra camada de gelo, serragem, gelo, garrafas, serragem, gelo até a borda do tanque.

Escondíamos pedacinhos, atirávamos uns nos outros. Como seria um país com neve? Suaríamos tanto? Em volta do tanque nos deixávamos ficar, tomados pelo frescor e sonhando crescer para beber bastante daquela cerveja que escorria daquelas garrafas iluminadas, marrons.

Era quase uma tortura, todavia, uma visita complacente descobria nossos olhares e dizia: "Não vai dar um copo para as crianças?" Forçado, o pai dava. Porém hoje vemos que era mais uma pose, porque no fundo ele estava ansioso, igualmente, para ver como reagiríamos.

O primeiro gole era amargo, no entanto, fazíamos cara de delicioso. O segundo apanhava o paladar preparado, o terceiro nos atravessava inteiro. Por que não havia cerveja paras as crianças? Arrancávamos os rótulos molhados, deixávamos secar ao sol, colávamos nos cadernos. Fazíamos álbuns. As tampinhas iam para nossos bolsos, no dia seguinte haveria disputas nas calçadas.

Vagamente tontos seguíamos para a matinê do cinema para ver a continuação do seriado. Há muitos anos não tenho mais essa sensação indefinível, irrepetível: a de ver um filme embriagado pela fantasia infantil, embaçada, quando o sentido de tudo muda. Lembrar da cerveja aos domingos saindo da cama de gelo e serragem é recuperar uma sensação de frescor e bem-estar. O instante em que penetrávamos na inacessível vida adulta, participando de um prazer de homens crescidos. Através da cerveja éramos gente. Deixávamos a espuma ao redor da boca, correndo para a rua, esperando que outro menino visse. A prova de que estávamos nos transformando. A espuma logo secava. Se bem que, até hoje, acho que não secou de verdade. Consigo senti-la nos lábios e, agora crescido, quero ser criança. Mistérios da vida que somente uma cerveja pode provocar.

O poder e a glória de paralisar o Brasil

A Semana Santa me lembra que, por alguns anos, tive o poder de paralisar uma cidade. Entendo por que as pessoas se agarram com tanta força ao poder que possuem. É uma sensação agradável, nos deixa onipresentes e, em certos casos, tudo depende de nós. É um jogo cheio de adrenalina, emoção.

O meu poder era exercido apenas uma vez por ano. Num único dia. Por alguns segundos. Mas eram instantes em que toda a atenção convergia para mim. A cidade estava silenciosa. Todos mudos. Não se ouvia um ruído. Dentro de momentos, por determinação minha, tudo se modificava. A alegria sucedia o luto. As luzes tomavam o lugar das trevas. Eu era, então, dominado por este poder absoluto. A grande mágica repousava em minha mão direita. Do meu pequeno gesto dependia a mutação.

Este poder era disputado. Eu precisava lutar por ele nos bastidores. Houve quem quisesse tomá-lo pela força, mas argumentos democráticos derrubaram a violência. Havia um único problema. Eu sabia que meu poder era temporário. Dentro de algum tempo eu seria substituído, outro tomaria meu lugar. E nunca mais eu retomaria o posto. Na verdade, ficaria cada dia mais distante dele. Era a lei inexorável.

Anos 40 em Araraquara. A liturgia da Semana Santa era completamente diferente. A cidade inteira afetada pelos acontecimentos. A partir do Domingo de Ramos começavam as alterações. Há muitas semanas os santos — imagens e estatuetas — estavam cobertos por panos roxos. A partir da Quinta-Feira Santa não se ligava rádio, carros não tocavam buzinas, não se podia cantar, brincar. Calavam-se os sinos, a campainha dos rituais na igreja era substituída pela soturna matraca de som seco e fúnebre. Na Sexta-feira Santa o luto descia total.

O altar-mor na Matriz de São Bento era vedado por um pano negro, gigantesca cortina de dor. O sermão das Sete Palavras era feito por pregadores especialmente convidados. Padres que eram as estrelas nacionais da oratória, disputados por cada cidade. Seriam pagos. A procissão do Senhor Morto percorria as ruas mergulhadas em trevas, iluminadas apenas pelas velas dos devotos. Tristeza absoluta.

Vinha o Sábado da Aleluia. Cristo iria ressuscitar. Tudo era maravilhoso teatro, com *mise-en-scène* longamente pro-

gramada. Missa da Aleluia. Quando o padre erguia as mãos e recitava o Glória, o coroinha principal, colocado à direita do altar, tocava a campainha. Era o sinal que desencadeava um processo alucinante. Ao som da campainha, caía o pano negro que cobria o altar-mor.

Acendiam-se as luzes da igreja. Anjos, estrategicamente colocados no altar, soltavam pombos brancos que ficavam voando pela nave. O sacristão, Bepe Gaspareto, repicava os sinos. Ao som dos sinos, os carros começavam a tocar buzinas. E todas as locomotivas da EFA[1] apitavam. Estava dada a partida para a matança do Judas, a criançada saía de pau sobre os bonecos de pano amarrados nos postes. Cristo estava vivo, outra vez. Aleluia! Mas, nada disso aconteceria, se eu não tocasse a campainha. Era aquele toque que acionava tudo. Sem ele, o luto prosseguiria, não haveria Aleluia, Cristo não ressuscitaria.

Assim acreditava eu. De maneira que, quando o padre iniciava o Glória, meus dedos se crispavam. Tinha chegado a hora de exercer meu poder. Sabia que esperavam aquele momento. O sacerdote ia dizendo as palavras em latim e eu retardava a explosão. Ele me olhava, inquieto, indignado, apreensivo, determinado, autoritário. Pouco se me dava, a campainha estava em minhas mãos. Seria quando eu quisesse.

Cresci, passei da idade permitida. Coroinhas têm que ser miúdos, ágeis. Um dia, tive que declinar do meu poder. Tentei resistir. Era doce o poder. Mas me faltavam as condições. Passei para outros o toque da campainha. Hoje, aquela missa nem existe mais, a liturgia mudou. A Semana Santa não tem a dramaticidade e a atmosfera de tragédia de antigamente. Não há silêncio, luto, jejum e abstinência. O grande teatro terminou. A igreja convencia e dominava por este senso de espetáculo que possuía.

Ah, a resistência que ofereci para entregar meu "posto"! Fico pensando na "dor" de políticos como Itamar, Inocêncio, Lucena, ACM e outros ao entregar o poder que possuíam de paralisar o Brasil!

---

1 *EFA*: Sigla da antiga Estrada de Ferro Araraquarense. (N. E.)

Os pratos da ferrovia

Andava pela feirinha da Benedito Calixto, com muito cuidado para não pisar em alguma coisa, uma vez que boa parte fica exposta pelo chão. Não queria nada em particular. Ultimamente, não quero nada em especial. Ando amortecido, sem grandes fantasias. Quem não passa por uma fase dessas?

De repente, bati os olhos em um par de pratos familiares. Brancos, tinham um traço num vermelho que deveria ter sido vivo, mas se mostrava desbotado. Abaixei-me e vi o logotipo que fez parte de minha vida: EFA.

Puxa! Eram pratos do vagão-restaurante da Estrada de Ferro Araraquara, quando a ferrovia estava no auge. Elas foram bem até o governador Carvalho Pinto estatizar tudo e desmontar uma engrenagem que funcionava azeitadíssima.

Somente tinham acesso ao restaurante os passageiros da primeira classe. Os da segunda eram discriminados, viajavam em bancos de madeira e chegavam ao destino com o corpo moído. Na primeira, os bancos eram almofadados, com revestimento de palhinha e uma fronha branca sobre o encosto de cabeça. Na verdade, os bancos também eram duros, e a sensação de conforto vinha mais da sugestão do que da realidade.

Mal a viagem se iniciava, passava o garçom do restaurante e reservava-se um horário para o almoço ou jantar. Claro que havia trens que funcionavam fora dos horários de almoço ou jantar. Como o concorrido das 6h10, que chegava a São Paulo às 11h05, em ponto. Então só ia ao restaurante quem queria tomar café da manhã ou um chá.

Os da segunda classe podiam pedir comida. O garçom trazia tudo junto, num tabuleiro. O prato de comida vinha tampado por outro prato, os dois embrulhados num guardanapo branco, amarrado num nó. O garfo e a faca vinham enfiados no guardanapo e ostentavam também logotipos.

Pois foram esses pedidos da segunda classe que rememorei, no momento em que vi os pratos no chão da feirinha. Eles me trouxeram o ambiente em que vivi por tantos anos, uma vez que não apenas meu pai, mas toda minha família trabalhou em estrada de ferro.

Todos na Araraquarense, com exceção do tio Neno, que, morando em Bauru, optou pela Noroeste do Brasil, que possuía a mais espantosa estação de toda a minha infância.

A grande excitação das viagens era a baldeação em Bauru, indo de Araraquara para Vera Cruz. Meu pai ficava na escada do trem e, assim que a composição entrava na plataforma e diminuía a velocidade, ele saltava e voava para o outro trem, parado na plataforma oposta. Era a batalha para se viajar sentado.

Minha mãe, meu irmão Luiz e eu nos encarregávamos da bagagem, que era passada pela janela. Eu considerava meu pai um herói, o rei do lugar sentado. Minha mãe morria de medo de ele cair embaixo do trem.

Pobres, raramente íamos ao restaurante. Levávamos sanduíches de presunto e queijo em pão de forma. Outra festa o pão de forma. Era preciso encomendar na padaria uma semana antes. Não existiam supermercados e muito menos pão Pullman.

Duas coisas a gente comia em ocasiões especiais: presunto, quando se viajava, e maçã, quando se ficava doente. Mais tarde, meu pai melhorou de vida e muitas vezes íamos jantar. Ele adorava o ritual do vagão-restaurante. Comer com o trem chacoalhando, que delícia!

E todo mundo pedia a mesma coisa: bife à Arcesp. Um bifão com molho de ervilha, tomate e cebola. De uma simplicidade exemplar. Mas de um sabor que nem mesmo os pratos sofisticados dos cinco-estrelas de hoje conseguem reproduzir em minha boca.

A vida era simples, os prazeres também. Acabamos complicando muito, exigindo demais e nos distanciamos de verdades que se encontram nos pequenos gestos e situações. Não é nostalgia, nem saudosismo! A vida agora é boa (amanhã será pior), mas tudo anda meia-boca. E tudo isso por um prato da EFA!

Pequenas vidas, grandes vidas

Descobrir vielas e quintais inesperados, numa cidade em que os quintais desaparecem, tragados por edifícios. Quantas vezes, durante o dia, quando incidentalmente estou em casa, pela necessidade de dar um dia para mim mesmo, não ouço uma voz cantando em um desses pequenos quintais que existem na Rua João Moura e arredores? De onde vem? Uma voz cristalina e forte, os versos subindo até o 13º andar. Onde nascem os sons da tarde? Latidos, berros, assobios, um martelar, uma serra, uma voz amargurada dizendo: Não se vá, o ruído rascante de unhas no reboco de uma parede, um apito, grito, choro. Quantos de nós sabemos o que ocorre nos recantos de nossa rua? Há um mundo oculto por trás de muros e portões. E vida.

No começo da semana, procurei por uma costureira. Ou alfaiate. Esses andam escassos, a profissão foi esmagada pela roupa pronta das grifes ou lojas de departamentos que, se nos dão tudo igual, por outro lado nos fazem economizar tempo, abreviam a escolha, oferecem variedade. Hoje, vemos o terno pronto na vitrine ou na arara e dizemos: É esse!

Há tempos, eu estava com algumas calças para fazer a barra. Duas, antigas, mostravam as barras poídas (não jogo fora, mando consertar) e quatro novas (duas foram presentes) precisavam ser ajustadas na medida exata. Detesto ver a bainha se arrastando pelo chão. Uma costureira da Rua Lisboa não foi encontrada. No sábado, estávamos chegando e ela saindo e entrando num táxi com um imenso vestido de noiva. Pelo comprimento da cauda, a festa prometia. Na terça-feira, ela ainda não tinha voltado. A festa deve ter sido boa!

Minha mulher se lembrou de uma placa quase escondida, bem na minha rua, vizinha a um conservatório. Costuras. Casa 2. Um portão branco dando para um longo corredor com o chão cimentado. Limpíssimo. A mim pareceu o mergulho em uma cidade do interior. No fim do corredor, duas casinhas. Numa delas, uma senhora se ocupava do jardim. Perguntamos: "E a costureira?" Ela apontou a casa vizinha: "Ali, mas não sei se está, toque a campainha". Toquei. Ela: "Não tocou, tente de novo". Dona Mara, a costureira, apareceu. Parece com minha tia Maria, uma das tias preferidas de todos os sobrinhos. Sempre pronta, prestativa, fazia um doce de leite quadradinho de enlouquecer. E o virado de banana? Tia Maria também foi costureira, passava as tardes na máquina Singer, diante da janela, olhando o (pouco) movimento da rua.

A casa de Mara é pequena. A sala principal, aquela que chamamos de visita, está ocupada pelo seu ateliê. Duas máquinas de costura, um sofá, mesa, carretéis de linha gigantes, fiquei a olhar para eles. Ela explicou: "São para o overloque". A vida toda vi essa palavra overloque, estranha, enigmática, sonora. Um dia, dei com uma placa: Precisa-se overloquista. Portanto, também é profissão. A casa tem o cheiro característico das lojas de tecidos, panos variados, óleo de máquina. Fui experimentando as calças, ela marcando com o alfinete. Gesto imemorial. O tempo parado. Há quantos anos esse ritual é o mesmo? Imutável. "Quer a bainha arrastando? Acima do sapato? Coloque a cintura no lugar, por favor." Basta uma das pernas, a outra se ajusta automaticamente.

No quarto, transformado em provador, eu podia ver, pela janela, um jardim diminuto, plantas, flores. Ao acordar, Mara dá com suas flores. Um canto de mundo, todo dela. Um amigo chega, conversam, ele precisa ir a algum lugar. Comenta:

"Vou de ônibus, para ir mais depressa!" Meu deus! Tem pressa e pega ônibus! E os outros, os que não dispensam o carro, o táxi, a moto? E os que voam acima de nós em helicópteros barulhentos e irritantes? Enquanto isso, dona Mara vive a vida com calma, trabalhando, útil e necessária na comunidade, olhando suas flores e a tevê — que fica ao pé da cama — atendendo clientes, distribuindo cartõezinhos: "Se puder me recomendar, agradeço". A vida correndo na sua naturalidade, como é para milhões. Escoando na simplicidade do cotidiano.

Conhecendo o autor

Ignácio de Loyola Brandão

Cinema, jornalismo e literatura

Olga Vlahou

Loyola: "Meu texto atual deve bastante à forma jornalística".

Ignácio de Loyola Lopes Brandão nasceu em 31 de julho de 1936, em Araraquara, no interior do estado de São Paulo. A cidade, onde viveu até os 20 anos, é cenário de lembranças que sempre retornam em sua literatura.

O pai, funcionário da Estrada de Ferro Araraquarense, mantinha orgulhosamente uma biblioteca de 800 volumes, que o menino Ignácio começou desde cedo a desbravar.

Na escola, o talento para escrever se revelava cada vez mais forte. Aos dezesseis anos, a *Folha Ferroviária*, um semanário da cidade, publica seu primeiro texto, uma crítica do filme *Rodolfo Valentino*. Vários outros vieram depois: reportagens, críticas de cinema e entrevistas, publicadas no diário local *O Imparcial*.

As experiências jornalísticas na adolescência mostram a Ignácio um caminho profissional que ele divide até hoje com o ofício de escritor. Em 1957, muda-se para São Paulo e consegue um emprego no diário *Última Hora*. É o início de um período em que as redações jornalísticas fariam parte de sua rotina. Depois de nove anos no *Última Hora*, trabalha em revistas como *Claudia*, *Realidade*, *Planeta* e *Vogue*. Além de colaborar, com crônicas periódicas, em jornais como a *Folha da Tarde* e *O Estado de S. Paulo*.

Loyola reconhece a influência da profissão em sua obra: "No fundo, o jornalismo foi me dando estrutura para a literatura: conhecimento do mundo, contato com realidades diversas, pessoas diferentes, temas, consciência político-social, redação. Meu texto atual deve bastante à forma jornalística", disse ele numa entrevista.

Outro traço da vida do autor que às vezes surge com nitidez em seus livros é a paixão pelo cinema. Que vai bem além da posição de espectador. Ainda em Araraquara, participa das filmagens do semidocumentário *Aurora de uma cidade*, de Wallace Leal, e funda um clube de cinema. Anos mais tarde, em 1961, atua, como figurante, no premiado filme *O pagador de promessas*, de Anselmo Duarte.

O sonho de entrar na vida cinematográfica leva-o à Itália, onde pretendia trabalhar como roteirista na Cinecittà, a Hollywood do cinema europeu. Vive dez meses em Roma no ano de 1963.

Mas a literatura fala mais alto. Em 1965, lança a coletânea de contos *Depois do sol*, o primeiro de seus mais de vinte livros *(veja relação à pág. 139)*, vários deles traduzidos para o inglês, espanhol, alemão, italiano e outras línguas.

O romance de estreia, *Bebel que a cidade comeu*, veio em 1968, mesmo ano em que os prêmios literários também começaram a aparecer: o primeiro, no Paraná, pelo conto "Pega ele, Silêncio".

Em 1974, publica na Itália — e em italiano — seu romance mais famoso, *Zero*. No ano seguinte, o livro é lançado no Brasil, mas em 1976 a censura do regime militar proíbe sua circulação, devido ao seu tom acentuadamente crítico — traço, aliás, marcante na obra de Loyola. *Zero* só é finalmente liberado em 1979.

Nessa época, Loyola dedica-se integralmente à literatura. É um período marcado por muitas viagens. Entre 1982 e 1983, vive na Alemanha.

De volta ao Brasil, assume a vice-presidência da União Brasileira dos Escritores, cargo que exerceria de 1984 a 1986.

Os anos noventa foram marcados pela retomada do trabalho diário no jornalismo, como diretor da revista *Vogue*, e por um grande susto: em 1996, é submetido a uma delicada cirurgia para eliminar um aneurisma cerebral, experiência que relataria em seu romance *Veia bailarina*.

E assim prossegue Loyola, transformando até mesmo os obstáculos do caminho na literatura que o faz um dos mais destacados escritores da atualidade.

Obras do Autor

Depois do sol, contos, 1965
Bebel que a cidade comeu, romance, 1968
Pega ele, Silêncio, contos, 1969
Fleming, descobridor da penicilina, biografia, 1973
Edison, o inventor da lâmpada, biografia, 1973
Ignácio de Loyola, fundador da Companhia de Jesus, biografia, 1974
Zero, romance, 1974 (Itália), 1975 (Brasil)
Cadeiras proibidas, contos, 1976
Dentes ao sol, romance, 1976
Cães danados, infantojuvenil, 1977
Cuba de Fidel: viagem à ilha proibida, reportagem, 1978
Não verás país nenhum, romance, 1981
É gol, conto, 1982
Cabeças de segunda-feira, contos, 1983
O verde violentou o muro, reportagem/diário de viagem, 1984
O beijo não vem da boca, romance, 1985
Manifesto verde, cartilha, 1985
O homem do furo na mão, contos (Ática), 1987
O ganhador, romance, 1987
A rua de nomes no ar, crônicas, 1988
O homem que espalhou o deserto, infantojuvenil, 1989
Os melhores contos de Ignácio de Loyola Brandão, antologia, 1994
O anjo do adeus, romance, 1995
O menino que não teve medo do medo, infantojuvenil, 1995
Striptease de Gilda, crônicas, 1995
Veia bailarina, relato autobiográfico, 1997
Sonhando com o demônio, crônicas, 1998
O homem que odiava a segunda-feira, contos, 1999
O anônimo célebre, romance, 2002
A conferência, conto, 2003
Crônicas selecionadas de Ignácio de Loyola Brandão, crônicas, 2004
Cartas/Lettres, contos, 2004
O segredo da nuvem, infantojuvenil, 2005
A última viagem de Borges, teatro, 2005
A altura e a largura do nada, romance, 2006
O menino que vendia palavras, infantojuvenil, 2007
Desvirando a página: a vida de Olavo Setubal, biografia, 2008

Coleção

PARA GOSTAR DE LER

Boa literatura começa cedo

A Coleção Para Gostar de Ler é uma das marcas mais conhecidas do mercado editorial brasileiro. Há muitos anos, ela abre os caminhos da literatura para os jovens. E interessa também aos adultos, pois bons livros não têm idade. São coletâneas de crônicas, contos e poemas de grandes escritores, enriquecidas com textos informativos. Um acervo para entrar no mundo da literatura com o pé direito.

Volumes de 1 a 5 – Crônicas
Carlos Drummond de Andrade, Fernando Sabino, Paulo Mendes Campos e Rubem Braga

Volume 6 – Poesias
José Paulo Paes, Henriqueta Lisboa, Mário Quintana e Vinícius de Moraes

Volume 7 – Crônicas
Carlos Eduardo Novaes, José Carlos Oliveira, Lourenço Diaféria e Luís Fernando Veríssimo

Volumes de 8 a 10 – Contos Brasileiros
Clarice Lispector, Graciliano Ramos, Ignácio de Loyola Brandão, Lima Barreto, Lygia Fagundes Telles, Mário de Andrade e outros

Volume 11 – Contos universais
Edgar Allan Poe, Franz Kafka, Miguel de Cervantes e outros

Volume 12 – Histórias de detetive
Conan Doyle, Edgar Allan Poe, Marcos Rey e outros

Volume 13 – Histórias divertidas
Fernando Sabino, Machado de Assis, Luís Fernando Veríssimo e outros

Volume 14 – O nariz e outras crônicas
Luís Fernando Veríssimo

Volume 15 – A cadeira do dentista e outras crônicas
Carlos Eduardo Novaes

Volume 16 – Porta de colégio e outras crônicas
Affonso Romano de Sant'Anna

Volume 17 – Cenas brasileiras - Crônicas
Rachel de Queiroz

Volume 18 – Um país chamado Infância - Crônicas
Moacyr Scliar

Volume 20 – O golpe do aniversariante e outras crônicas
Walcyr Carrasco

Volume 21 – Histórias fantásticas
Edgar Allan Poe, Franz Kafka, Murilo Rubião e outros

Volume 22 – Histórias de amor
William Shakespeare, Lygia Fagundes Telles, Machado de Assis e outros

Volume 23 – Gol de padre e outras crônicas
Stanislaw Ponte Preta

Volume 24 – Balé do pato e outras crônicas
Paulo Mendes Campos

Volume 25 – Histórias de aventuras
Jack London, O. Henry, Domingos Pellegrini e outros

Volume 26 – Fuga do hospício e outras crônicas
Machado de Assis

Volume 27 – Histórias sobre Ética
Voltaire, Machado de Assis, Moacyr Scliar e outros

Volume 28 – O comprador de aventuras e outras crônicas
Ivan Angelo

Volume 29 – Nós e os outros – histórias de diferentes culturas
Gonçalves Dias, Monteiro Lobato, Pepetela, Graciliano Ramos e outros

Volume 30 – O imitador de gato e outras crônicas
Lourenço Diaféria

Volume 31 – O menino e o arco-íris e outras crônicas
Ferreira Gullar

Volume 32 – A casa das palavras e outras crônicas
Marina Colasanti

Volume 33 – Ladrão que rouba ladrão
Domingos Pellegrini

Volume 34 – Calcinhas secretas
Ignácio de Loyola Brandão

Volume 35 – Gente em conflito
Dalton Trevisan, Fernando Sabino, Franz Kafka, João Antônio e outros

Volume 36 – Feira de versos – poesia de cordel
João Melquíades Ferreira da Silva, Leandro Gomes de Barros e Patativa do Assaré

Volume 37 – Já não somos mais crianças
Katherine Mansfield, Machado de Assis, Mark Twain, Osman Lins e outros

Volume 38 – Histórias de ficção científica
Edgar Allan Poe, H. G. Wells, Isaac Asimov, Millôr Fernandes e outros

Volume 39 – Poesia marginal
Ana Cristina César, Cacaso, Chacal, Francisco Alvim e Paulo Leminski

Volume 40 – Mitos indígenas
Betty Mindlin

Volume 41 – Eu passarinho
Mario Quintana

Volume 42 – Circo de palavras
Millôr Fernandes

Volume 43 – O melhor poeta da minha rua
José Paulo Paes

Volume 44 – Contos africanos dos países de língua portuguesa
Luandino Vieira, Luís Bernardo Honwana, Mia Couto, Ondjaki e outros